風の交響楽《シンフォニー》

Yuri Mitsuhara
光原百合

女子パウロ会

風の交響楽《シンフォニー》　目次

秋・73

冬・107

影絵・題字　藤城清治

風の交響楽《シンフォニー》

光原　百合

春

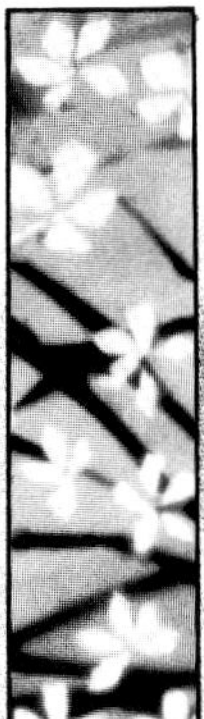

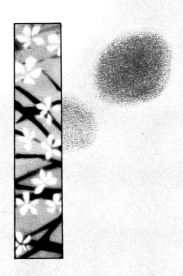

序の歌——
ゆるされるならば

わたしはこの世界の中で
限りなく小さなものだけれど
歌うならば限りなく尊く
大きなもののことを歌いたい

そっとつぼみをひらくスミレも
歌いはじめたばかりのヒバリも
梢《こずえ》を軽やかに渡るそよ風も
すべてが歌っているもののことを

スミレにもヒバリにもそよ風にも
及ばぬ小さなわたしだけれど
ゆるされるならば限りなく尊く
大きなかたのことを歌いたい

朝露の石

遠い昔、地上がまだ星の囁《ささや》きさえ聞こえそうなほど静かだったころのことだ。ひとりの腕のいい妖精の職人《レプラコーン》がいた。普通レプラコーンといえば靴造りの職人だが、このレプラコーンは、びっくりするほど美しい細工をする腕をもっていた。

彼は自分でも美しいものが大好きだった。空の青、薔薇《ばら》の紅、若葉の緑、月光の金、そして朝露の澄んだ輝き。野や森を満たすその美を愛《め》で、あくことなく眺めるのが彼にとっては至福のときだった。だが彼は、こういった美がいずれも儚《はかな》く、刻一刻と姿を変えて二度と戻らぬことを残念がっていた。

そしてある日、思いついた。得意の細工の腕でこの美を不壊《ふえ》の石に封じ込め、永遠のものにしよう、と。彼はその日から作業を始めた。妖精の魔法と細工の腕をふるい、いろいろに工夫を凝らしてできた最初の青い石はしかし、彼の気に入らなかった。何かが足りない気がしたのだ。

彼は次から次へ、新しい工夫を考えながら石を磨きつづけた。みごとな石の数々が生まれたが、どれ一つとして彼の愛する美しさにかなうものはなかった。

そしてついに、これ以上はないというほど念を入れて、朝露の輝きをもつ石を作り上げたとき、レプラコーンはようやく気づいたのだった。

「だめだ。作ったのが間違いだった。わたしが愛した美は、儚く移ろうからこそあれほど美しいのだ。不壊のものにしたこと、それだけでいちばん大切な部分が欠けてしまう。こんなものはだめだ……。」

そう言って彼は細工をあきらめ、深く恥じて、磨き上げた石のすべてを地中深くに隠した。そして二度とこんな細工に手をつけることはなかった。

だがレプラコーン自身も知らなかったことがある。名人の彼が精魂こめて作ったただけあって、最後の石には心が宿っていたのだ。朝露のようなこの石が最初に聞いたのは、「作ったのが間違いだった」という言葉だった。石は自分の身を恥じ、呪《のろ》った。澄んだ輝きも、不壊の硬さもうとましく、地中に隠されたときはほっとした。この情けない身をだれの目にもふれさせたくないと思った。

どれほどの時がたったのだろう。石は眠りから覚めて、自分がいつのまにか地上に出されていたのを知った。地上にはいつのまにか、〝人間〟と呼ばれるせわしない種族が歩き回るようになっていた。朝露の石を地中から掘り起こしたのも人間のひとりらしかった。

なんと珍しい石。貴重な品。高価な宝。人間たちはそんな言葉でこの石をもてはやした。嫉妬《しっと》や欲望、駆け引きが石の上を飛びかい、石の持ち主は次々変わった。どの持ち主も石を絹の布で磨き、ビロードのクッションに飾った。

人間たちにちやほやされながら、石は怒りに燃えていた。身の置きどころもないほど恥ずかしいこの身をもてはやす人間たちへの憎しみのため、石の輝きはますます強くなった。皮肉なことに、その輝きは、人間たちの欲望をますます募らせた。石をめぐって人間たちは争った。何度も裏切りがあり、血が流れ、石はそのたび輝きを増した。

ある月のない晩、石は、馬をいっさんに走らせる男の手に握られていた。またしても醜い裏切りの果て、一つの館《やかた》が炎上し、男はその中から石を奪って逃げたのだ。

荒野を駆け、野原を渡り、小さな村を抜けて馬は走った。黒い森の入り口にきたとき、疲れ果てていた馬は不意につまずいて膝《ひざ》をついた。背に乗っていた男は放り出され、地面にたたきつけられて動かなくなった。

石も男の手から転がり、落ち葉のあいだに埋もれた。石はうれしかった。自分を求めてむなしい血を流した男には乾ききった哀れみの心しかもてなかったし、このままなら二度とだれの目にもふれずにすむかもしれないと思ったのだ。石はこの安らぎがいつまでも続きますように、と祈りながら深い眠りについた。

そしてまた、長い長い月日が流れた。石はふと、自分がだれかのてのひらにのせられていることに気づいた。

「きれいだなあ。」

「ほんと。変わった石ね。こんなに硬いのに、朝露みたいにきれい。」

「うん、ほんとに朝露みたいだ。儚く消えたりしない朝露だね。」

遠い昔の自分の姿を思い出させる言葉に驚いて、石ははっきり目を覚ました。朝日に光る森の入り口で石を見つけたのは、粗末な身なりの、でも石がこれまでに会っただれよりも幸福そうな顔をした若者と娘だった。木の実を拾いにきて石を見つけたらしい。

若者が言った。

「そうだ。これを指輪に細工してもらって君に贈るよ。俺《おれ》、貧乏だから、結婚の贈り物がこんな拾い物ですまないけど。」

「そんなこといいのよ。うれしいわ。わたしたちの幸せがこの石みたいに美しく、長持ちしますように。」

「それともう一つ。この石みたいにきれいで丈夫な子が生まれますように。」

娘は顔を赤らめてほほえみ、石をのせた若者の手にそっと自分の手を重ねた。

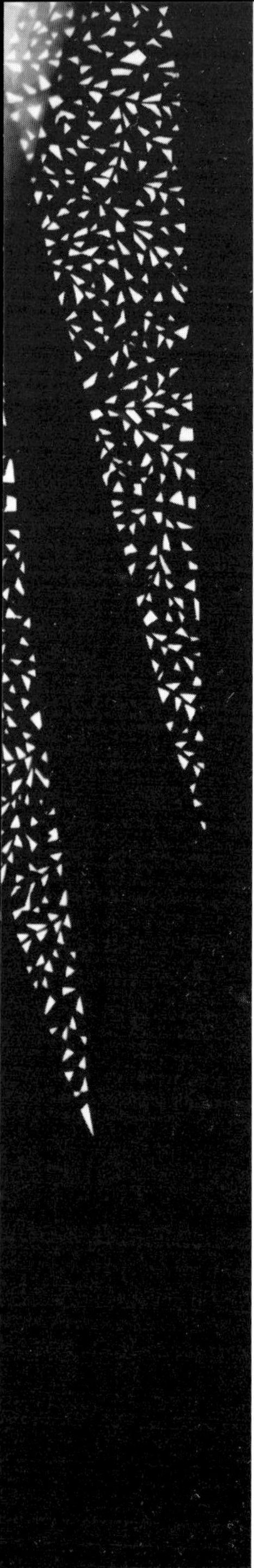

朝露の石は、はじめ信じられなかった。作り主のレプラコーンでさえ、儚くないがゆえにわたしをうとんじたのに。自分をもてはやした人間たちはだれも、その美しさをよく見ようとはせず、宝という偽りの輝きに魅せられるばかりだったのに。ただの石のわたしを儚くない美しさゆえに、愛してくれるものがいたなんて。……泉のようにあふれる喜びが、乾いていた石の心をやさしくうるおした。
〈わたし、ここにいていいのね？　ここにいることに、ちゃんと意味があるのね……？〉

朝日の光を受け、石は若者のまめだらけの手の上で、以前どれほど美しい布に包まれたときより美しい輝きを見せたのだった。幸福な花嫁のほほに輝く涙のように。

17　朝露の石

塀

男の家のそばに一本の木があった。たいそう美しい木だった。すべすべと銀色に輝く幹、すがすがしい薄緑の葉。花の季節には天の光が宿ったような黄金色の花びらを開き、その香りは村のあらゆる家にやさしい季節の訪れを告げた。幹からしたたる樹液は蜜《みつ》のように甘く滋味に富み、枝もたわわに実る果実は太陽の恵みをいっぱいに受けて、はちきれそうに輝いた。

男はこの木をたいそう愛し、自慢にしていた。水をやり、肥料をやり、虫がつかぬよう目を配り、まわりに生えてくる雑草を抜き……ほかにすることがなければ幹をせっせと磨いたりするほど、この木をかわいがっていた。

村のみんなも、この木が好きだった。花の季節には花を愛で、実りの季節には樹液や果実を味わっていた。男ははじめ、それを喜んでいた。だが、いつのころからか、男の胸にはかすかな不満がたまっていた。自分でもそれと気がつかないうちに。

実りの季節が近づいたある日、また木の幹をいとおしむように磨いていた男は、だれかが樹液をとった傷痕《きずあと》がふと気になった。あらためて見直すと、ひどく痛々しくむごい傷だった。

「これはやめさせなきゃいけないな。木が傷んでしまう。」

男は幹に傷をつけられないように、木の根元に柵《さく》を作った。それが始まりだった。

村人たちは樹液が飲めなくなったことにがっかりしたが、やがておいしい実が熟し、枝に手を伸ばせばそれをもぐことができたので、まあいいさ、と思った。

男はしばらくは満足して木の世話をしていたが、何やらまた胸の中がもやもやしてきた。見ていると村人たちは、気軽に手を伸ばしては実をもいでいく。たわわに実っていた実は、もうずいぶん減っている。

「これもやめさせなきゃいけない。やたらとっていっては木が疲れてしまう。」

男は今度は木のぐるりに高い板塀を作り、枝にも手がとどかないようにした。村人たちは塀の向こうを見上げて、ため息をつくしかなかった。だが男は満足して、自分だけが塀の中に入っては木の世話に励んだ。

花の季節がやってきた。板塀の向こうにのぞく木の梢に、今年も金色の光が宿った。村人たちは喜んでこの美しい花を眺めた。男はおもしろくなかった。

「これもやめさせなきゃいけない。花を見ているうちに盗みたくなった奴《やつ》が忍び込んできては大変だ。だれもこの木にふれさせるものか。」

男は板塀の外側に、さらに高く頑丈な石垣を作った。あんまり高いので、もう外からは木の姿はすっかり見えなくなった。

花は見えなくなったが、花の香りは石垣を越えて村中に漂った。村人たちはその香りをかいで美しい木を偲《しの》んだ。男はおもしろくなかった。

「これもやめさせなきゃいけない。ほかの奴らにこの木を愛させてなるものか。この木は俺だけのものだ。」

男は石垣の上に厚い鉄の板で蓋《ふた》をした。木はとうとうすっぽり覆い隠されて、もうその姿も香りも外からはうかがえなくなった。男は満足だった。

「これでいい。この木は俺だけのものだ。俺だけがこの木を愛する資格があるんだ。」

男は満足だった。だが、その満足は長く続かなかった。日の光もささず、風も通わぬ牢獄《ろうごく》の中でやがて花は散り、葉はしおれ、美しかった木はまもなく枯れてしまった。

神様の言うとおり

イルマ村という小さな村がある。その隣にはキルカ村という、やはり小さな村がある。イルマ村の大人たちは昔から子どもに、「右側は縁起のいい方向、左はろくなことがない側だ」と教えている。そしてキルカ村の大人たちは子どもに、「何か選ぶときには幸運を授けてくれる左側のものを選べ、右は不運な側だから」と教えている。それにはこんないきさつがあった。

昔むかし、ずっと昔。イルマ村に住むレイという青年が、運試しに広い世の中を見てくる決心をした。村を出てしばらく行くと分かれ道があった。左も右も行き先はわからない。レイは、

「神様の、言うとおーり！」

コインを投げ上げて右の道に決めた。

右の道を少し行くと大きな川があった。橋がかかっている様子はない。レイは少し困ったが、

「まあ、これも神様のおぼしめしさ。」

そうのんびり考えて、川のほとりをうろうろしてみた。すると幸い、川の中に石が点々と顔を出しているのを見つけた。レイはとんとんと石の上を跳んで、少しはしぶきも浴びたけれど、無事向こう岸に渡った。

旅を続けたレイは、やがて高い山のふもとにきた。山の頂上には大きな城があり、その庭には歌う魔法の木があって、魔女のせいで小鳥に変えられたお姫様が住んでいたという。で、レイは冒険の末、魔女の魔法を破り、お姫様を救って幸せに暮らすのだが、その話はまたの機会にしよう。

レイが右の道を行って幸運をつかんだ話は、すぐ故郷の村に伝わった。そこでケイという青年がまた運試しに出かけた。

ところが分かれ道までくると、右の道の先にある大きな川がゆうべの雨でどうどうと猛《たけ》って、とても渡れそうにないのが見えた。ケイは仕方なく左の道を行った。

左の道を少し行くと、いばらのはびこった野があった。ケイはそこに足を踏み入れたが、右の道に未練があったものだから、つい振り向いた。と、袖《そで》がいばらにひっかかり、ふり払うはずみによろけたケイは、まともにいばらの茂みに転げ込んだ。

「あ、いたたたた。」

あわてては い出したものの、かぎざきだらけのひっかき傷だらけ、ほうほうのていで村に戻ったケイは、自分の失敗を村のみんなに話した。やっぱり右を行かなきゃ運は向かないんだ、と村人たちは語り合った。

そんなわけでイルマ村の大人は今でも、右が幸運で左は不運と子どもに教えている。

さて、キルカ村ではサキという青年が、運試しに世の中を見てくる決心をした。イルマ村の話のことは少しも知らないままだ。

村を出たサキがしばらく行くと、分かれ道があった。サキは、

「神様の、言うとおーり！」

コインを投げ上げて左の道に決めた。

左の道を少し行くといばらのはびこった野があった。サキは少し困ったが、

「まあ、これも神様のおぼしめしさ。」

そうのんびり考えて、野のまわりをうろうろしてみた。すると幸い、いばらの中に細い道が通っているのを見つけた。サキはいばらをちょいちょいとなだめながらその道をたどり、少しはひっかき傷もこさえたけれど、無事いばら野の向こう側に着いた。

旅を続けたサキは、やがて深い洞窟《どうくつ》の前にきた。洞窟の奥には大きな宮殿があり、その庭には歌う魔法の泉があって、魔女のせいで魚に変えられたお姫様が住んでいたという。で、サキは冒険の末、魔女の魔法を破り、お姫様を救って幸せに暮らすのだが、その話はまた別の機会にしよう。

サキが左の道を行って幸運をつかんだ話は、すぐ故郷の村に伝わった。そこでタキという青年がまた運試しに出かけた。

ところが分かれ道までくると、左の道の先にあるいばらの野が季節柄とんでもなくはびこって、とても通れそうにないのが見えた。タキは仕方なく右の道を行った。

右の道を少し行くと、大きな川があった。タキは顔をのぞかせている石づたいに行こう

と足を踏み出したが、左の道に未練があったものだから、つい振り向いた。と、足がつるりと滑り、そのはずみにタキは川におっこちた。

「あっぷっぷ。」

あわてて岸にはい上がったが、ぐしょぬれでぶるぶる、ほうほうのていで村に戻ったタキは、自分の失敗を村のみんなに話した。やっぱり左を行かなきゃ運は向かないんだ、と村人たちは語り合った。

そんなわけでキルカ村の大人は今でも、左が幸運で右は不運と子どもに教えている。

「神様の、言うとおーり！」

イルマ村で、そしてキルカ村で、子どもたちは今日もコインを投げ上げては、楽しそうに遊んでいる。

何もできない魔法使い

昔、何もできない魔法使いがいた。偉い魔法使いたちから見れば、取るに足らない存在だった。

あるところに病気の子どもがいた。

偉い魔法使いは、書斎にこもって治療法の書かれた本を探した。別の偉い魔法使いは大鍋《おおなべ》を用意して、ぶつぶつ呪文《じゅもん》を唱えながらいろいろな薬を調合した。

何もできない魔法使いは、何もできなかったので、じっと子どものそばにいた。

苦しむ子どもの手を握り、いっしょに汗を流した。
やがて治った子どもを見て、偉い魔法使いたちは、自分の術がきいたのだとけんかを始めた。子どもは自分の手を握ってくれた人を探したけれど、何もできなかった魔法使いは、自分を恥じてもう姿を消していた。

あるところに憎しみに心を囚《とら》われた人がいた。
偉い魔法使いは弟子たちに命じて、すべてを忘れるという言い伝えのある魔法の木の実を見つけさせた。別の偉い魔法使いは、相手に憎しみをぶつける呪いの方法を考え出した。

何もできない魔法使いは、何もできなかったので、じっとその人のそばにいた。憎しみの底にある心の傷を聞いて、いっしょに涙を流した。

やがてほほえみの戻ったその人を見て、偉い魔法使いたちは、自分の術がきいたのだとけんかを始めた。その人はいっしょに泣いてくれた人を探したけれど、何もできなかった魔法使いは、自分を恥じてもう姿を消していた。


あるところに日照りにあえぐ村があった。

偉い魔法使いは、立派な服を着て雨降らしの儀式を始めた。別の偉い魔法使いは、たたりのせいで雨が降らないのだと言って、いろいろなものの供養を始めた。

何もできない魔法使いは、何もできなかったので、じっと人々のそばにいた。いつかきっと雨が降るから、と言いつづけた。

やがて降った雨を見て、偉い魔法使いたちは、自分の術がきいたのだとけんかを始めた。村人は自分たちを励ましてくれた人を探したけれど、何もできなかった魔法使いは、自分を恥じてもう姿を消していた。

魔法の力で敵を滅ぼして、大きな国を造った魔法使いもいた。だが、魔法使いが死ぬと国はばらばらになって、魔法使いのことも忘れられた。

魔法の力で不思議に満ちた、大きな城を築いた魔法使いもいた。だが、魔法使いが死ぬと魔法も失われ、城が何のためにあったのかさえ忘れ去られた。

何もできない魔法使いは何もしなかった。だが、何もできない魔法使いが死んでからも、その名を呼べば彼が必ずそばにきてくれるのを、人々は知っていた。昔と同じく何もできないまま、けれどその人が立ち上がれるまで、決してそばを離れないのだった。

偉い魔法使いも、何もできない魔法使いも、時の流れの前にちりとなって消えた。だがほかのすべてが失われた後で、何もできない魔法使いの名だけは、詩になり歌になり、語り継がれて決して忘れられることはなかった。

夏

ひかりあれ

のに　やまに
いぶきみちて
いぶきみちて

とぶとりも
さくはなも
いのちあふれ
いのちあふれ

ひとは……
ひとだけが
いかり　うれい

まよい　かなしみ

だから　いのる
ちっぽけなこころをつくして

いのりが
ひかりとなる
ちっぽけなこころをこえて

ばんぶつをてらす
ひかりとなる

すべては
みこころのままに
みこころのままに

雪の花

森のはずれに立つその若木は、芽生えてから初めて花を咲かせる日を前に、胸をときめかせていた。雪のように白い花びらが日ごとにふくらんでいく。花を咲かせた自分の姿がどんなに美しくなるだろうと思うと、葉の一枚一枚まで伸び広がっていくような気がした。そして三日月のきれいなある初夏の宵、とうとう最初の一つが花開いた。甘い香りが黄《たそ》昏《がれ》の空気の中にたちのぼった。木は誇らしい気持ちでいっぱいだった。

そこへ、露の降りた草を踏んで若い牡馬がやってきた。牡馬は木の前で立ち止まった。

「へえ……きれいな花だなあ。いい香りだ。」

若木はますますうれしく、花びらをもう少しぴんと伸ばした。すると牡馬は、

「よし、あの娘《こ》におみやげにしてやろう。」

そう言うと首を伸ばして、咲いたばかりの花をぽっきりとかみ折ってしまったのだ。そして牝馬《ひんば》への贈り物にするのだろう、その花をくわえて後をも見ずに立ち去った。

若木は全身を震わせていた。花を折られた痛みもあったが、それ以上に、せっかく美しく咲かせた花をもっていかれた悔しさ、そして残りの花までもっていかれるのではないかという恐れのほうが強かったのだ。

その晩、木は夜通し祈った。これ以上大切な花をもっていかれないよう、身を守る武器がほしい、と。

朝になって、木は驚いた。自分の枝のあちこちに鋭いとげが生えていたからだ。今朝になって新しく開いた二つの花は、まるでよろいにしっかり守られているように見えた。木はひと安心したが、決して油断せずに花を守ろうと、あらためて心に誓った。

その日から、木は始終身構えて過ごした。近づいてくる馬、ウサギ、キツネ、相手かまわず枝をふるって追い払った。枝に止まって休もうとする小鳥さえ、木は鋭いとげを向けて脅しつけた。

やがて森の動物たちは、だれもその木に近づこうとはしなくなった。木は、いっそそのほうが安心だと思った。近づいてくるものはすべて、自分を傷つけようとしているとしか思えなかったからだ。

ある日、若い鹿《しか》が木に近づいてきた。その森では見かけない鹿だ。このごろの木の厳しい仕打ちのことは知らぬ様子で、ていねいな口調で言った。

「失礼ですが、ちょっとお聞きしたいことが……。」

木はすかさず、ぴしりと枝をふるった。とげが鹿の目に当たり、鹿は悲鳴をあげてよろよろと駆け去った。木は初めてちらりと心がとがめたが、すぐに思い直した。自分だって以前あれほど傷つけられたのだから、これくらいかまいはしない、と。

数日後、若い牝鹿がやってきた。大きな目とほっそりとした首が美しい。牝鹿は用心深く距離をとって、木に話しかけた。

「わたしのあのかたに、どうしてあんなことをしたの？」

あの牡鹿のことだとすぐわかった木は、枝をそびやかして答えた。

「わたしを傷つけようとしたからよ。」

牝鹿は厳しい口調で言った。

「とんでもないわ。道に迷って、このあたりのことをよく知らないから、あなたに尋ねようとしただけ。それなのに……彼、あなたのとげが目に刺さって苦しんでいる。はれあがって、熱が出て。あなたのとげのせいで苦しんでるものは、ほかにもたくさんいると聞いたわ。あなたを傷つける気なんて少しもなかったのに、いきなりとげで刺されたって。」

木は冷やかに言った。

「そんな嘘《うそ》が信じられると思うの？　わたしのこの美しい花を見て、奪いにやってきたに決まってる。」

牝鹿は大きな黒い目で木をにらんでいたが、やがて高い声で笑い出した。そして笑いをぷっつり切ると、言った。

「わたしはね、あのかたにもしものことがあったら、あなたを根元から掘り起こしてでもかたきを討とうと思っていたわ。でも、やめた。あなたほど哀れなものはいないからよ。そんな醜い花を、ほしがるものがいると思うの？」

それだけ言い捨てると、鹿は走り去った。木は、牝鹿が腹立ちまぎれの憎まれ口をきいていったのだと思った。

その日の夕方激しい夕立が降ったが、じきにやんで満月が出た。木はふと、足元にできた水たまりをのぞき込んだ。月光に映える花の美しさを愛でようと思ったのだ。

ところが、映った姿を見て木は驚いた。いつのまにとげが増えたのか、自分の枝ばかりでなく、幹も葉もとげだらけだったからだ。そしてあれほど大切にしていた花にまで、黒く鋭いとげがびっしりと生えていた。真っ白に美しかった花びらはとげに埋めつくされて、見る影もない……。

その晩、木はまた祈った。どうかこの身から醜いとげを除いてください、と。しかし、いくら祈っても、とげはなくならなかった。木は思いあぐねて、一つの花だけ試しに選び、身のうちの樹液の流れをそこだけ止めてみた。確かにそうすると、とげは枯れて落ちた。だが、それといっしょに花びらも散ってしまい、そのうえ身がすくむほどの痛みが襲った。

木は悲しんだ。この悲しみをだれかに聞いてもらいたかった。だが獣も鳥もとげに刺されるのを恐れて、木には近づかないのだ。だれにも分かち合ってもらえない悲しみは、冬の霜のように木の心に食い入った。木は、まわりを傷つけて悔いなかった自分の醜さをいまさらに知った。

ある日、見慣れぬ鳥が木のもとにふらふらと飛んできた。白い羽が汚れ、疲れきっている。鳥はもう枝に止まる力もなく、木の根元にどさりと落ちた。ひと目で死に瀕《ひん》していることがわかった。木はその鳥が、遠い北の国を故郷にしていることを知っていた。旅の空

で病にでもかかったのだろうか。見知らぬ森で土にかえっていこうとしている。

木は、かつて美しかっただろう鳥の羽が黒く汚れていることに哀れみを覚えた。とげに埋めつくされて醜くなった我が身を見る気がしたからだ。

鳥がかすれた声でつぶやいた。

「ああ、帰りたいなあ、美しい北の国へ……せめてもう一度、真っ白な雪を見ることができたら……。」

木は思わず、一輪の花に通じる樹液の流れを止めた。身震いするような痛みの後、とげがとれ、続いてはらりと散った花びらは、ぐったり倒れた鳥の頭のすぐ近くに落ちた。鳥

のかすむ目にも、その白はわかったようだった。

「ああ、雪だ。故郷に帰ったみたいだ……。」

木は痛みに耐えながら、次々に花びらを散らしていった。静かに静かに散る花びらは、やがて鳥の体を輝くような白で包んだ。いつか花はすべて散り果て、その代わり、幹や枝に生えていたとげもみな落ちた。木は、自分がもはや傷つけられる恐れからも傷つける恐れからも解放されたことを知って、深い安らぎを覚えた。

「なんて美しい……。」

花びらに包まれた鳥は、果てしない喜びに満ちた声で最後にそう言って、息を引き取った。

海を見たカシの木

「じいさん、まだ眠ってるのかい？」

ツバメの声にカシの木は目を覚ました。年をとると、つい居眠りが多くなる。

この口は悪いが気のいいツバメを、カシの木は気に入っていた。生きてきた年数はカシの木の何十分の一にも及ばぬくせに、何度も長い旅をしてきたのが自慢でいっぱしの口をきくのもおもしろく、夏のあいだはよく話相手になってやる。

それにカシの木自身、ツバメからいろいろな旅の話を聞くのが楽しかった。ここらあたりではたまにしか見かけない人間が、うんざりするほどいる〝町〟の話。年中暖かく、美しい花が咲き乱れる南の国の話。しかし、カシの木がいちばん好きなのは海の話だった。

途方もなくたくさんの水が集まり、空の色を映しているところ。風が吹けば荒々しくうねり、日が照れば美しく輝く。そしてその中には、地上と同じようにたくさんの生き物が住んでいるという。もっともツバメがいくら知ったかぶりをしても、水の中の様子はよくわからないのだが。

カシの木は、何度もツバメに海の話を頼んだ。空を見上げては海の色を思い、雨の日には幹を伝うしずくに海を感じた。居眠りのときにはきまって海の夢を見た。自分が青い青い海の底に立ち、葉をそよがせている夢だった。

その日も海の話をしてもらったカシの木は、ため息まじりにこう言った。

「いっぺんでいい、海を見たいもんだなあ。」

ツバメはチチチと笑った。

「じいさん、いい年して無理言うんじゃないよ。木が鳥みたいに飛んでいけるわけがないだろ。まあ、俺がせいぜい見てきて話をしてやるからさ。」

ある年の夏の終わり、ツバメがなんとなく浮かない顔で飛んできて、枝に止まった。

「なあ、じいさん。俺、これからまた渡りにたつんだけど。」

ちょっと言葉を切り、早口で続ける。

「このあいだ、じいさん、海を見たいって言ってただろ。確かにじいさんのほうから海には行けないけどさ、ちらっと聞いた話じゃあ、海のほうからたまにこっちにくることがあるらしいぜ。ほんとうにたまのことだけど。……じゃあな。春になったら、また会えるといいな。」

「気をつけて行けよ。」

いつになく名残り惜しげに飛び去るツバメを見送りながら、カシの木は心が躍るのを感じた。いつか海が会いにきてくれるかもしれないのだ。カシの木はまた、海の夢を見ながら眠った。

どのくらい眠っただろう。カシの木はふと耳慣れない音を聞いた。気がついてみると、水がすごい音をたてて自分の足元を洗っているではないか。しかもその水はぐんぐん増えている。海だ。海がきてくれた！　カシの木は喜びに震えた。青い海の底に住む、夢がかなったのだ。

めっきり春めいた日、南の国から帰ってきたツバメは、新しくできた途方もなく大きな水たまりのそばの木に止まり、悲しげに水面を眺めた。去年の秋、近くの村に住む人間たちの言葉のはしばしから聞いた、〝ダム〟というもの。自分の聞き違いであってほしいと願っていたのだが……。

「じいさん、最後にいい夢、見られたかい？」

ツバメはそっとつぶやいた。まるで返事をするかのように、湖面に静かなさざ波が立ち、木漏れ日のようなきらめきを見せた。

悲しみは海に

アンナは足元に寄せては引いていく波を見つめた。明け方の海は灰色をしている。海から遠い村に生まれ育ったアンナには初めての眺めだった。故郷の村の人々は、遠い海への憧憬《どうけい》をこめてよく歌にうたった。

——悲しみは海に沈めなさい。海は悲しみを呑《の》み込んでくれるよ……

アンナは遠くへ去ってしまった恋しい、そして憎い人のことを思った。その人が自分の心に残した、息もできないほどの孤独を思った。いくら流しても止まらない涙がまたあふれてきてほほを伝い、浜の砂に落ちた。子守歌のように聞いていたあの歌をまた口ずさんでみる。

——悲しみは海に沈めなさい……

そうだ、この思いを消し去るには、もうこの身ごと海に沈めるしかない。遠い海にやってきたのは、そのためだった。

――この海は、わたしを受け入れてくれるかしら……

アンナは一歩進み出た。つま先を白い泡が洗った。そのとき、どうしたことだろう。静かだった海面が突然盛り上がった。アンナの背ほどに立ち上がった波が襲いかかってくる。逃げようにも体が動かない。ひとたまりもなく波に巻き込まれながら、アンナはおかしくなった。

――変だわ、逃げようなんて。最初からこうするつもりだったのに。

手足から力が抜けて、すぐに何もわからなくなった。

気がつくと、あたりには柔らかい白光が満ちていた。

「あら……。」

少しも苦しくないし、体が濡《ぬ》れているようでさえない。立ち上がって手を伸ばしてみると、何やらすべすべしたものが指にふれた。まるい、白い壁のようなものがある。アンナは首をかしげた。

「気をつけてもらわないと困りますね。魂が迷子になったらどうするんです。」

やさしいけれど、少しとがめるような声がした。振り向くと、白い長衣を着た姿が立っていた。男性とも女性ともわからない、でも、それは美しいひとだった。輝く銀の髪が背中までとどいている。

「あなたはまだ、命を返すときがきていないのです。それなのにうっかり命を落としたりしたら、行くあてを見失った魂は長いこと、この海の果てのさらに向こうをさまようことになってしまいます。永劫《えいごう》とも思えるあいだ、たったひとりで道を探さなければなりませんよ。」

「うっかりじゃないわ。もう、生きていたくなかったから……。」

そう言いながらも、アンナはふと身を震わせた。海に沈めば孤独から逃れられると思ったのに、その先に永劫の孤独が待っていようとは思わなかったのだ。美しいひとは眉《まゆ》を寄せた。

「それはよけいに困ります。わたしたちは、確かに悲しみは預かりますが、あなたがこれから出会うはずのたくさんの喜びや笑いまで取り上げてしまうことはできません。」

自分にこれから笑える日がくるとは思えなかったけれど、アンナは相手の言うことにひかれた。

「それでは、ほんとうにこの悲しみを預かってもらえるの？　あなたはだれ？」

「海はすべてで一つの生命です。だけど、わたしたちはその中でも、特に〝海の涙〟を守るものです。」

「海の、涙……。」

「お見せしましょう。」

美しいひとは、ふわりと片手を上げた。と、あたりを満たす光が強くなり、まわりの白い壁が透き通った。その外側にもう一つ、虹色《にじいろ》に輝く壁がある。その壁は横に大きく裂けていて、そこから外を見ることができた。

なんという美しい世界だったろう。深い青の中、大きなひれをもった、宝石のように色鮮やかな生き物が、あるものはゆらゆらと、あるものはすばしこく動いている。枝だけの色鮮やかな木々の森があり、布のように葉を広げた草がある。どうやらそこは海の底らしかった。白い砂地の上には、たくさんの貝が横たわっていた。少し開いた口から白く丸いものが見える。そうしてアンナはようやく、自分も同じものの中にいるのだとわかった。

「ここは……。」

「海の底の――真珠の中です。」

「しんじゅ……。」

「そうです。真珠がどうやってできるか、聞いたことはありますか？」

「ええ。貝の中に入った砂粒を、貝がくるんでいくんだって聞いてます。」

「半分はあたっています。真珠の核になるのは、ほんとうは砂粒なんかじゃなく、人間たちが海に預ける悲しみなんですよ。その悲しみを、海が涙でゆっくりくるんでいく。それが真珠になるんです。」

「でもどうして？　どうして人間の悲しみを預かってくれるんですか。」

「あなたがたは、悲しみを作りすぎています。」

美しいひとは強い声で言った。アンナははっとした。だが、相手はすぐ表情を緩めた。

「ああ……すみません。あなたに言っても仕方ないことでした。人間の世界にはほんとうに悲しみが多い。それも不必要な悲しみが。その人に責任はないのに悲しまなければならない人が多すぎる……。だがどちらにしろ、人間は、この地上の何よりも強く喜びを感じる生き物です。その分悲しみも強い。そういう定めがあるのも確かなのです。でも強すぎる悲しみは、ときに人間を内から損なってしまう。その人の心を刃のように突き破り、それでは足りずに世界を壊してしまうことがある。それほどのものなのですよ、人間の悲しみは。」

人間ではないはずのそのひとは、なぜか悲しげな声だった。

「だから、わたしたちがいるのです。人間が、自分では負いきれない悲しみを預かり、それをくるみ、癒《いや》していくために。聞いてごらんなさい。」

そのひとは、また手を上げた。静かに、声が流れ込んできた。目の前にある無数の貝の中から聞こえる声だった。

〈わたしのせいで……わたしさえいなければ……〉

〈お母さん、お母さん……〉

〈どうして……どうして……〉

自分の裏切りを悔いる声。母に捨てられた子の叫び。一瞬のわざわいに、あるいは無益な戦に愛する者を奪われた人たちの嘆き。アンナは思った。止まらない涙ならまだ楽だ。ここには涙さえ出ないほどの悲しみがある……。

そうして、それらすべてをけんめいに抱きしめ、癒そうとする海の声。耳に聞こえる言葉ではなく、心ににじかにしみとおってくる海の音。寄せては返し、遠く近く、高く低く……。アンナは目を閉じて、しばらくその声に浸っていた。

「さあ、あなたも悲しみを預けていきますか。」

美しいひとの声がした。アンナは目を開け、相手を見つめて首を振った。

「いいえ。わたしの悲しみなんて……わたしはまだ、涙を流せるもの。自分で自分の悲しみをくるんでみます。自分で自分の真珠を造れたら……悲しみを美しいものに変えていけたらと思うんです。」

「あなたなら、できますよ。」

美しいひとははじめて、それはうれしそうにほほえんだ。その美しさは光を放つほどで、あたりが耐えきれないほどまぶしくなり、アンナはもう一度目を閉じた。そうして心の中でつぶやいた。

——もしも自分の真珠を造れたら、そうしたら今度は、あなたたちが預かる悲しみを少しでも減らすために、悲しい人々をひとりでも減らすために、この命を使います。

気がつくと、そこはもとの浜辺だった。アンナは、自分の心の中に確かに一つの真珠が生まれたことを感じながら、昇ったばかりの日の光に包まれていた。海は真珠色の輝きに満ちていた。

銀鈴砂の音

「ちぇっ、なんてこった。路銀はなくなっちまって、明日はもう帰らなきゃならない。肝心のものは見つからない。どうしようもないな。」

連れのカオスの不機嫌を、リインはいささかもてあましていた。

「まあ、そう言うなよ。ほかのだれかが見つけたかもしれないし。」

「ばか言え。それじゃ意味ないだろうが。いい出世の糸口になると思ってたのにな。」

リインはため息をついて、もう相手にしなかった。

ちょうど祭りの夜で、町の広場には篝火《かがりび》がたかれ、陽気ににぎわっていた。旅芸人一座の奏でる音楽に合わせ、人々が輪になって踊っている。と、リインは足を止めた。流れる音楽の中に、探し求めている音が聞こえた気がしたのだ。さやかに澄んだ鈴の音が。

「カオス、あの音！　あれはもしかしたら……。」

リインとカオスが住むルウナ村には昔、銀鈴砂の浜と呼ばれる砂浜があった。磯《いそ》に囲まれ、砂だまりといったほうがいいような小さな浜である。この名は、その浜の砂が不思議に美しい鈴のような音をたてることからきていた。浜を歩くと足の下で澄んだ無数の鈴の音がわき起こり、人を夢見るような気持ちに誘った。じっと耳をすますと、打ち寄せる波にさえかすかな調べを響かせているのが聞こえたという。

だが今はもう、この浜はない。かれこれ五十年もまえ、商才のある者がいて、この浜の砂を小瓶に詰めて売り出した。どんな鈴より美しい音で鳴るこの小瓶はとてつもない値で売れ、村は大儲《おおもう》けした。その代わり、さして広くもなかったこの浜からはやがて砂が取り尽くされ、消えてしまったのだ。

最近になって村では、もう一度この浜を作れば素晴らしい名所となり、村の発展につながるという意見が出た。試しに銀鈴砂の浜があった場所に砂を入れてみたが、当たり前のサクサクという音しかしなかった。

そこでだれかが、昔売った小瓶を手に入れて中身を調べてみれば、またあの鈴の響きを生み出す砂を調合できるかもしれぬ、と言い出した。村の顔役たちは早速、元気のいい若者たちに話をもちかけた。銀鈴砂の小瓶をもっている人を探し、譲り受けるなり買い取るなりして中身を村にもって帰れば、相応の見返りを考える、と。

なにしろ五十年もまえのこと、雲をつかむような話である。手掛かりといっても表面に金銀で月と星の模様を描《か》いた、美しい音をたてる小瓶というばかり。それでもかなりの数の若者が、小瓶を求めて国のあちこちへと旅立った。その動機はさまざまだった。カオスのように、手柄を立てて出世の糸口にしようという者も多かった。

しかしリインは出世したいとも思わなかったし、今の静かな村を愛していたから、名所をつくってにぎやかにしようという望みもなかった。ただ一度でいい、夢のように美しいという銀鈴砂の音を聞いてみたくて、旅に出たのだった。

リインを立ち止まらせたのは、これまで聞いたこともないほど澄んだ鈴の音だった。どうやら旅芸人一座が奏でる陽気なダンスの音にまじっているようだ。

カオスははじめ仏頂面で、「なんだよ、別に変わった音なんか……」と言っていたが、やがて目を輝かせた。

「ちがいない。あの子が首からぶら下げてるあの瓶、話に聞いたとおりじゃないか。」

指さしたのは、一座の真ん中でカスタネットを打っている、まだ五、六歳の女の子だった。その子が首飾りのように細い鎖で下げている小瓶の表面には、確かに月と星の模様が輝いていた。

二人が息をつめて見守るうちにダンスは終わり、芸人と町の人々はいっしょに篝火のまわりに座って、林檎《りんご》酒をくみかわしはじめた。

「今だ、行って話をつけてこいよ、リイン。」

「……って、お前は？」

「いいから。」

とん、と背中を突かれ、人々の輪の中に押し出される格好になったリインは、仕方なく一座の座長らしい人物を探し、いきさつを説明した。そして、代金は村のほうから支払うので、なんとかその瓶を譲ってほしいと頼み込んだ。陽気な商売にも似ず静かな物腰の座長は首を振った。

「何かのお間違いでしょう。この瓶は、この子が大切にしているものではありますが、ただの砂を詰めたもの。高い値段で取り引きするようなものではありません。」

その女の子は座長のうしろに隠れ、はにかむようにリインを見ている。

「でも、さっき確かに音を……。」

リインが言いかけたとき、大変なことが起こった。篝火の光の届かぬ背後の闇《やみ》から、えり巻きで顔を隠した男が女の子に忍び寄り、首にかけた小瓶をむしり取って、また闇に溶けたのだ。


リインはその場にいたたまれなかった。さっきの男がカオスだと気づいたからだ。野心にあふれたカオスは以前から、瓶の持ち主が手放すのをしぶるようなら、どんな手を使ってでもいただいて帰ると冗談めかして言っていた。それにしてもあんな小さな女の子から奪い取るなんて、恥ずかしくはないのだろうか。

突然の賊に、座長も座員も少しも騒がなかった。ただ女の子が、驚いたように大きな瞳《ひとみ》をまたたいただけだった。連れだと気づかれてはいないだろうが、リインは言い訳もそこそこにその場を去った。そして決心を固めて宿に戻った。どうあってもカオスを問いただし、せめて代金だけでも払うことにしなければならない。

こうして腹を立てて帰ったリインだったが、当のカオスはそれにもまして大荒れで、リインは出鼻をくじかれた。

「ふん、とんだ骨折り損だぜ。」

宿の部屋のテーブルには空の瓶が置かれ、そばには砂がぶちまけてあった。カオスはベッドにひっくり返って酒を飲んでいる。

「いくら振ってみたってきれいな音なんか出やしない。中身はただの砂だ。お前が音がするなんて言うからこんな騒ぎになったんだぜ。だいたい鈴の音がする浜なんてのが怪しいや。ただの昔話だろうよ。俺は最初からまゆつばもんだと思ってた。」

カオスは言いたい放題文句を言うと、

「明日は帰るんだからな。俺は寝るぜ。後は勝手にしろ。」

と、向こうをむいてしまった。

リインはテーブルの上の砂をすくい上げてみた。サラサラとなんの変哲もない音を立ててこぼれ落ちる。さっき広場で聞いた音は空耳だったのだろうか。思わずため息がもれた。

だがそのとき、リインは芸人一座の女の子の瞳を思い出した。銀鈴砂ではないにしろ、この瓶は、あの子にとって大切なもののはず。返してやらなければ。カオスも文句は言わないだろう。

「じゃあ、返してくるよ、カオス。」

返事の代わりにいびきが聞こえた。

広場に人影はもうほとんどなかったが、一座はまだそこにいた。輪になって座り、ひとりがギターをつまびきながら歌うもの哀しい歌に聞き入っている。

近づくと、一同は驚く様子もなくリインを迎えた。リインははじめ、その辺りで拾ったとでも言おうかと思っていたが、やはり正直に全部打ち明けた。そして、「あの子はどこですか。謝りたいのですが」と言った。

座長は広場の隅に止めてある幌馬車《ほろばしゃ》を指さした。一座はこれで旅するらしい。

リインは幌馬車をのぞいた。薄暗い中、さっきの女の子がじっと座っていた。リインは女の子の首に瓶をかけてやり「ごめんよ」と言った。

女の子ははじめてにっこりした。幌馬車の中に光がさし込んだようなほほえみだった。いつのまにか座長がうしろに立っていた。リインはあらためて謝った。

「ほんとうにご迷惑をかけてしまって……もとはといえば僕のせいなんです。こちらの演奏の中に、銀鈴砂の音を聞いたような気がしたものですから。一度聞いてみたいとあんまり願っていたから、空耳だったんでしょうね。」

座長は穏やかに言った。

「あなたは心のまっすぐな方ですね。そんな方には、いつかきっと聞こえますよ。いつかきっと。」


リインはふっと目を覚ました。柔らかい羽根が心をなでていったような、そんな目覚めだった。窓がほんのり白んでいた。隣のベッドではカオスが寝息をたてている。

一座と別れて帰って、すぐ床に就いたのだが、どれだけ眠ったのだろう。

と、リインは耳をそばだてた。あの音が聞こえている。

シャラーン……しゃらああん……。

「カオス、起きろよ！　あの音が！」

リインはカオスを揺すぶった。だが、あれほどはっきり聞こえる音なのに、カオスは「いいかげんにしろよ。何も聞こえやしないよ」と寝ぼけ声で言ったきり、また眠ってしまった。

音はだんだん近づいてくる。窓の外は通りに面しているはずだ。リインは窓を開けた。たちこめる朝靄《あさもや》であたりは一面、白い。その中を音は近づいてきた。シャラーン……しゃらあああん……ケシ粒ほどの小さな小さな鈴を、千も束ねて振っているかのように重なり合い、響き合う音だった。

その音とともに朝靄の中からゆらゆらと現れたのは、一台の幌馬車だった。馬に引かれ、馬車はゆっくりゆっくり、リインの前を通り過ぎる。すっかり通り過ぎたとき、リインは目を見張った。幌馬車のうしろにあの女の子が腰掛けて、首の瓶を揺らしているのだ。シャラーン……しゃらあああん……。

やはりあの小瓶の中は、銀鈴砂だったのか。ほんとうに銀の鈴のような……いや、人間の手で作ったものでは、たとえ金でも水晶でも、これほど澄みきった音は出せまい。夜空に冴《さ》えざえと光る月と星を神がその御手で打ち振ったとしたら、こんな音になるかもしれない。それほど美しい音だった。

靄の中、馬車はゆっくり遠ざかっていく。リインは金縛りにあったように、それを見送る。ふと女の子が目を上げて、昨夜のようにリインにほほえみかけた。だがそれも一瞬のこと、幌馬車は角を曲がって見えなくなった。

リインはようやく我に返り、はじかれたように窓からとび出した。はだしのまま後を追う。だが、その辻《つじ》まで走ってみると、たった今曲がったはずの馬車はもうどこにも見えず、ただ朝靄が風に流れているだけだった。リインは呆然《ぼうぜん》と立ち尽くした。その耳に、シャラーン……しゃらああん……鈴の音だけはまだ遠い潮騒《しおさい》のように響いていたが、やがてあたりが明るくなるにつれ、いつか消えていった。

秋

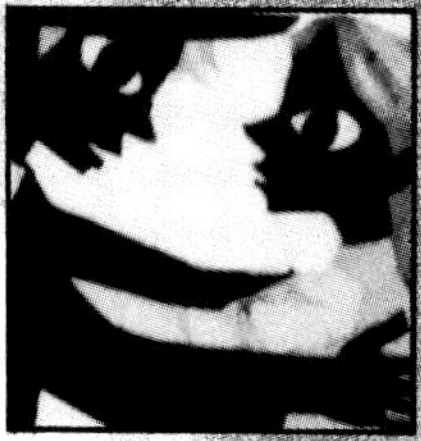

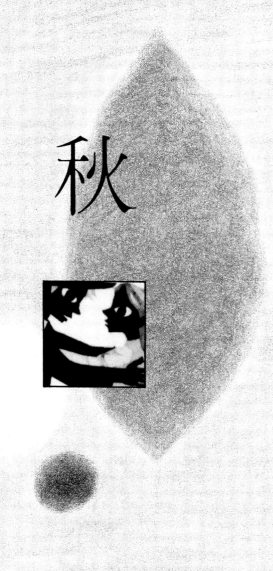

影

どこへ行ってもついてくる
一足ごとにまとわりついてくる
影に憑《つ》かれたころがあった

どこへ行っても影からは逃れられない
そう言ってひざを抱え
暗い部屋の壁に踊る
影ばかりを見つめていた

光に背を向けているから
よけいに影が大きく見えるとも知らずに

ある日
すべてを照らしだすような光が
わたしの人生にさし込んだ
そうして不意に気づいた

光に顔を向けて歩むかぎり
影はわたしを追い越せない

光に顔を向けて歩むかぎり
影がわたしにつきまとうのではなく
わたしが影を従えているのだ　と

白い翼

「あんまりおばあちゃんを疲れさせてはだめよ。」

くぎをさす母に向かってティアは口をとがらせてみせた。

「わかってますって。今日のことを聞くのは、おばあちゃんだって楽しみにしてたんだもの。母さんこそ話のじゃましちゃだめよ。」

そう言っておいて、ティアは祖母の寝室をのぞいた。

「おばあちゃん、具合はどう?」

孫娘の声に祖母は穏やかにほほえんだ。

「ああ、いいよ。踊りは楽しんできたかい。」

「すてきだったわ。みんなそれぞれ上手だったけれど、ひとり図抜けてうまい人がいたの。闇夜のように黒ずくめの衣装を着た、まだ若い女の人なんだけど、どんな芸達者よりすてきな舞だった。」

ティアはその美しい娘のことを思い出すだけで胸がときめき、顔が赤くなりそうで、祖母に見透かされはしないかと心配だった。祖母はほほえみを浮かべたまま、ベッドから身体《からだ》を起こした。ティアは手を貸し、その肩にショールを巻いてやった。

踊りが盛んなこの地方では、踊りの一座はたいそうな歓待を受ける。ティアの住む村にも評判の高い一座がしばらく滞在していた。今日は村の広場で最後の興行があった。一座がくるといううわさはずいぶんまえからあったので、ティアの祖母も見に行くのを楽しみにしていた。若いころは村いちばんの踊り手だった祖母である。だがここしばらく体調を崩し、すっかり弱ってしまってとうとう出掛けられなかったことをひどく残念がっていた。その代わり、このごろずいぶん踊りの腕をあげた孫のティアがしっかり見てきて、報告する約束をしていた。だがティアの話は、どうしてもあの娘の話になってしまう。それほど娘の踊りは素晴らしかった。

「それでね、その人、とってもきれいな顔をしているの。だけどなんだか、色を洗い流された花みたいなきれいさなの。何もかも見てきたけれど、自分の手の中には何一つとどまらないとわかっているみたいな……ああ、うまく言えないわ。」

ティアはその娘のことを上手に説明できなくてもどかしい思いをしていた。すると祖母が言った。

「わかるよ。わたしも昔、そういう踊り手を知っていたからね。」

「そう！　やっぱり旅から旅の生活だとそういう人柄になるのかしら。」

祖母はそれには答えず、逆に問いかけた。

「それでお前、その人に踊りの秘訣《ひけつ》をきいてみたんじゃないかい。」

ティアは今度こそほんとうに顔を赤らめた。

「どうしてわかるの？　そのとおりなのよ……。」

ティアはその先を言おうか、どうしようかと迷った。踊りの後、村人から歓待の杯を受けている娘のところへ行き、その質問をしたときのことだ。ティアを見た瞬間、その顔にかすかな驚きの表情を走らせた黒服の娘は、浮かれた人々でいっぱいの広場にポケットのようにできた二人きりの静けさの中、その〝秘密〟を教えてくれたのだった。

祖母はティアの様子をじっと見ていたが、やがて自分のほうから語り出した。

それでは、わたしが会った人の話をしようかね。あれは、わたしがお前くらいの年のころだよ。その人も踊りの一座に入ってこの村にやってきた。その踊りの素晴らしさ、今でも目に焼きついているよ。広場で踊りが終わってから、篝火を囲んで宴会が始まったとき、わたしはその人に、どうやったらあんなにうまく踊れるのかきいてみた。あたりは宴会騒ぎなのに、そのときだけわたしたち二人、取り残されたような静けさの中にいたね。その人はわたしに言った。

「軽やかに踊るにはいろいろなものを捨てなきゃいけない。それが幸せかどうかはわからないけれど……その秘密を教えてあげるわ。あなたが、わたしといっしょに踊りつづけることを望むなら。」

そうしてその人は、自分の黒服のポケットに手を入れた。すぐに抜き出したその手には、白い糸くずのようなものが握られていた。

「いいこと。こういう糸くずは、ポケットの中、服のひだ、油断するといろんなところにすぐ溜《たま》ってしまうの。これがあんまり溜るとだんだん手足に絡みついてくるから、動きが鈍くなるのよ。だからこれを注意して捨てていれば、手足はいつも軽く動く。そうして、いつまでも美しく踊りつづけることができるわ。」

その人はわたしをじっと見つめた。

「あなたがわたしといっしょにくることを望むなら、わたしは明日までこの村にいるわ。」

わたしは半信半疑で家に帰った。確かに服のあちこちから糸くずは見つかった。ただのゴミとしか思えなかったから捨てるのはかまわないけど、こんなものを捨てるだけでうまく踊れるもんだろうかと思ったよ。だけどうちで寝ているおばあさんのことを思うと、確かに身体が動きにくくなるのは糸くずのせいかもしれないという気もしていた。わたしのおばあさんは、そのころすっかり身体を弱くしていて、ほんとうに身体のあちこちに糸が絡みついているにちがいないと思えるほど、手も足も動きにくくなっていたからね。

ところが家に帰ってみると、驚くじゃないか。珍しくベッドに起き上がったおばあさんの背に、白く輝く翼がついていたんだから。

「おばあちゃん、どうしたの、その翼。」

「おやおや、気がつかなかったかい。わたしがこのあいだから、しきりに糸を紡いではこれを編んでたことを。」

そういえば確かにおばあさんは、大きな枕《まくら》によりかかって何かを編んでいたことがあった。だがまさか、翼をこしらえてるとは思わなかったよ。おばあさんはわたしの顔を見つめて言った。

「一生のあいだ、身体のあちこちに溜った糸くずを紡いで、ようやくこの翼はできあがるんだ。糸くずを捨てていたら、いつまでも軽やかに踊れるけれど、その代わりあそこへ飛んでいく翼は永遠にもてないんだよ。」

おばあさんは窓から見える空を指さした。空には清らかな星の光が満ちていた。わたしは、おばあさんがなぜあの娘のことを知っているのか、不思議に思うゆとりもなかったよ。おばあさんの白い翼はそれほど美しかった。あの娘の踊りでさえかなわないくらいに。

そうして、まもなくだったよ。おばあさんがその翼をはばたいて、空に旅立ってしまったのは。

いつのまにか祖母は深く枕にもたれ、目を閉じて話していた。話を終えても眠ったようにそのまま動かない祖母を起こすまいと、ティアは静かに立ち上がり、窓のカーテンを引いた。カーテンの合わせ目から美しい夜空を見上げていると、祖母の細い声がした。

「どうするかはお前の自由だよ。でも、もしあの人と行くのなら、わたしからよろしくと言っておくれ。」

「いいえ、行かない。もうあの人とは会わないわ。」

かすかな哀《かな》しみを抱きしめて、ティアはそう言った。振り向くと、祖母は目を閉じたまま、それはうれしそうにほほえんだ。祖母の身体はもう、真っ白い翼に包まれているように見えた。

ティアは次の日、一日中家に閉じこもっていた。あの美しい踊《おど》り娘《こ》は無彩色のほほえみを浮かべたまま、一座とともにどこへともなく旅立っていったと、後で聞かされた。

ベッドの裏側の国

暗くなるまで駆け回って遊んで、たっぷりのお小言とたっぷりの夕御飯をもらった僕は、まぶたがくっつきそうになりながらベッドに転がり込んだ。糊《のり》のきいたシーツのあいだでうーんと手足を伸ばす。ベッドにすうっと吸い込まれるように眠りに落ちていって……。ポン。僕はベッドの裏側の国に飛び出した。裏側の国ではもう陽《ひ》が昇っていた。表の国で西の山に沈んだ太陽は、裏の国から見れば、ちょうど昇ったところになるわけだ。それと同じで僕らも、表の国でベッドに入って眠ると同時に裏の国で目を覚ます。

僕は作業用のうわっぱりに着替え、仕事道具をもって外に出た。ベッドの裏側の国では僕たち子どもだってちゃんと働いている。どっちかといえば、子どものほうが活躍しているくらいだ。だってほら、大人の中にはデビッドさんみたいな人がいるもの。今も窓辺でぼんやりして。

「デビッドさん、おはよう。」

「やあ、アンディ。ふわあああ。」

「今日も眠いんですか。」

「そうなんだよ。ふわあ。」

デビッドさんは表の世界では村いちばんのお金持ちだ。よその町にいくつも大きな店をもっていて、眠るまもないほど忙しい、のだそうだ。眠っているあいだだって仕入れがどうの儲《もう》けがどうの、いつも考えているからぐっすり眠れない。ぐっすり眠れないと、裏側のこの国でははっきり目を覚ませない。だからデビッドさんは、こちらではいつも眠そうで、ちゃんと仕事ができないんだ。大人の中にはこういう人が意外と多い。

「まったくね、向こうの自分に言い聞かせたいよ。たまにはこっちの仕事をちゃんとやったらどうだって。ふわああ。」

表の国でのことはこちらでもちゃんと覚えているのに、こっちのことは向こうへ帰った途端すっかり忘れてしまうのが不思議だ。やっぱりこっちの国のほうが本物の世界なのかもしれない。それはともかく、デビッドさんのあくびを見ているとこっちまでうつりそうだったので、いいかげんで話を切り上げた。

裏側の国では、表の国でうっかり忘れている仕事をみんなで受け持っている。僕らの住んでいる村のみんなの仕事は、空磨きと決まっているんだ。雨の日は水ぶき、曇りの日はワックスがけ、晴れた日は青空をぴかぴかに磨いてつや出し。大変だけれど、とても楽しい。いつも眠ってばかりでこの仕事に参加できないデビッドさんは、きっと残念だろうと思う。こんなすてきな仕事のことも向こうに帰るとすっかり忘れてしまうなんて、ほんとうにおかしなもんだよな。

仕事道具の磨き布と梯子《はしご》をもって丘の方へ歩いていると、親友のジムと会った。

「やあ、アンディ。丘の上の空を磨くのかい。」

「うん。このあいだあの辺で野焼きをしていたから、ちょっと煤《すす》けてると思うんだ。」

「それじゃ僕もいっしょにやろう。」

「そりゃいいな。」

丘のてっぺんに着くと、ジムはさっそくそこに生えている天を掃くほど高いポプラに、梯子も使わずするするよじ登った。ジムほど木登りがうまくない僕は——僕が下手なわけじゃない、ジムがうますぎるんだ！——隣の木に梯子をかけ、手がかりになる枝が伸びているところまで登った。そこからは僕だってよじ登っていける。梢まで行ったらそこからは鳥に頼んで連れていってもらうときもあるけれど、今日はいいあんばいにふわりふわりと雲が浮いていた。手ごろな雲をえいっとつかまえ、青い天井まで舵《かじ》を取る。これもジムはすごくうまい。

「ほんとだ。ずいぶん煤けてる。」

「だろ。きてもらってよかったな。ひとりだったら大変だった。」

きゅっきゅっきゅ、と磨き布に力をこめる。ときにははあっと息を吹きかけたり、雲のかけらをちぎって消しゴムみたいにこすったり。ちぎりすぎて雲が破れないように、気をつけなきゃいけないけど。

「あ、アンディ。これ。」

ジムが何かをぽうんと投げてよこした。おっとっと。危うく受け取ると、それは半分に切った檸檬《レモン》だった。切り口が宝石みたいにきれいだ。

「汚れによっては、檸檬の汁で磨くとよく落ちるのがあるんだ。」

「ふうん。」

檸檬の汁を磨き布に垂らし、ついでに自分の口の中にも垂らす。体の中をぴいんといなずまが走るみたいに酸っぱくて、気持ちいい。ジムの方を見ると、こちらはいっしょうけんめい仕事に励んでいる。きゅっきゅっきゅっきゅ。

そう、ジムはこちらの国きっての仕事上手で働き者なんだ。僕と同い年の仲良しだけれど、表の世界では体が弱く、小さいころからよく寝込んでいた。このごろは一日のほとんどをベッドで過ごしている。ジムのお母さんはいつも、「かわいそうな子だ、ふびんな子だ」と嘆いているけれど、その分こちらの国で過ごすことの多いジムは、こちらではだれより元気で、いつも空をぴかぴかに磨いてい

る。ジムがこちらでがんばっているから、表の国でも裏の国でも、青空があんなにきれいなんだ。向こうのみんながそうとも知らずにジムのことを気の毒がるのが、親友の僕には少し残念に思える。

気がつくと空の青天井が、東からうっとりするような薔薇色に変わりはじめていた。裏側の世界だから、太陽は東に沈むんだ。

「きれいだなあ。」

「がんばって磨いたからな。」

僕らはそれぞれの雲の上にひっくり返って手足を伸ばした。

「そろそろ寝る時間だな。こっちの夜って

見たことがないけど、どんな世界なんだろう。」

すると、ジムが改まった調子で言い出した。

「実はさ、僕、もうこっちでは眠らなくてよくなったんだ。」

「え……それじゃ……。」

僕はきゅんと身が引き締まる気がして、思わず起き上がった。ジムも起き上がって、こっちを見ている。

「そう。もうずっとこっちで、空を磨く仕事をすることになる。夜の空も磨くし、星を磨いたり、流れ星を流したりする仕事も受け持つことになるんだ。きっとやりがいのある仕事だろうと思ってわくわくしてる。だけど……こういうときは、向こうに帰ったらこっちのこと覚えていられないのがじれったいね。向こうの世界の君が悲しみすぎないでくれるといいな。空がきれいなのは僕がこっちで磨いているからだって、向こうに帰っても君が覚えていてくれるといいな……。」

不意に、僕が乗っていた雲が切れた。僕はひとたまりもなく、どこまでもどこまでも落ちていって……。

ポン。僕はベッドから飛び出すように跳ね起きた。檸檬のさわやかな匂いが一瞬漂ったのは、なぜだろう。

「アンディ、起きなさい。」

母さんが顔をのぞかせた。目が赤くなっている。

「あのね、ジムちゃんがゆうべ、急にお亡くなりになったんですって。最後のお別れに行くから早く着替えなさい。」

僕はちょっとぼんやりして窓から外を見た。空はせつないほどきらきら青くて目にしみて、檸檬をかじったときみたいに涙があふれてきた。だけど、そのときどうして口からこんな言葉が出たのか、僕にはどうしてもわからなかった。

空ガアンナニキレイナノハ、ジムガイッショウケンメイ磨イテイルカラダ。

散らない桜の木

初秋の澄んだ空の下、それと同じように晴れやかな目をした若者が、はずむ足取りで野原を歩いていた。行く手には小さな村、その入り口には一本の木が立っている。その木に目をやった若者は、「おや？」と首をかしげた。その木は桜の木だったが、この季節にこぼれるほどの満開だったのだ。

その木の下では、シルクハットにタキシード、ずんぐり丸っこい人物が、もったいぶった様子で花を見上げていた。

若者はその人物に近寄って声をかけた。

「失礼ですが、この村の方ですね。桜がこの季節に花を咲かせるとは、いったいどういうことなのでしょう。」

その人物は重々しく、何やら得意げにうなずいた。

「さよう。わしはこの村の村長なんじゃが、この木には世にも悲しい、不思議ないわれがありましてな、お望みならお話しするが……おおそうか。ではどうぞ、そこにでもお座り。」

木の傍らにはどういうわけか、真新しいベンチが置いてあった。若者が肩にかけていた袋を下ろしてそのベンチに座ると、村長は堂々と話し始めた。まるで演説をするときのように両手をうしろに組んで、胸を張って。

「あー、自分のことから始めて恐縮じゃが、わしがこの村の村長になってからまだ半年しかたっておらん。前の村長が引退したもので、隣村の助役をしておったわしに白羽の矢が立ったわけじゃな。まあ年の功というやつだ。」

村長はシルクハットを脱いで、光る頭の汗をふいた。なにやら緊張した様子である。

「わしがこの村にきたときは、この桜はもちろん、村中の木が春の花盛りできれいじゃったよ。ところが季節が移り、ほかの木はみな若葉をまとうころになっても、なぜかこの桜だけは散る様子を見せなんだ。やがて夏も終わり……そう、あんたはさっき、なぜこの時期に咲いているのかときいたが、実はこの桜、この春からずっと散ってないわけじゃ。」

「へぇ……。」

若者は感心したように木を見上げた。

「ではなぜ、花が散らないのか。それには悲しい話がまつわっておる。去年の春のこと——じゃから、さっき話したような事情でわしは直接知らんのだが——村いちばんの金持ちのうちの娘と、村にやってきた旅の靴直しの若者が恋に落ち、いっしょになりたいと思うようになった。だが娘の両親は大反対じゃ。それに若者も、娘に求婚するならちゃんと落ち着いて暮らすだけの仕度をしたいと考えたらしい。来年桜が咲くころに必ず迎えにくるからと娘に約束して、花盛りのこの木の下で別れた。

ところがその後、娘の家を思わぬ不運が続けて襲い、財産をすっかりなくしてしまう羽目になった。もっともこの家の連中、意地っ張りの元気者ばかりでな、しょげ込むどころか遠い町で一からやり直しだと、威勢よく出ていったよ。だが両親や兄貴たちはよいとしても、若者をじっと待っていた娘にとってはさぞつらいことだったろう。村を出るまえの日には、この木の下でずいぶん泣いていたそうだ。その後一家の消息はわからん。」

若者はじっと村長を見つめながら聞いていた。村長は一段と声を張り上げた。

「さて。今年も春がやってきて、桜は花を咲かせた。だが若者は村に現れなかった。そして不思議なことに、それからずっと花は散らないままなのだ……。今ではこの辺ではずいぶん評判になって、わざわざ遠くから見物客もやってくる。実はそのベンチをしつらえたのも、そのためでな。村役場では、石碑を建ててはどうかという話も持ち上がっている。『哀れな娘の桜』とか、『悲劇の恋の桜』とか……。そう。これはうわさなんじゃが、娘は若者との別れに耐えられず、遠い町で儚くなってしまったんではないだろうか。その魂がこの桜に宿って若者を待っていた。しかし若者は、心変わりがしたものか、戻ってこない。若者を待ちつづける娘の執念が、桜を散らせないのではなかろうか。それを裏付けるように、雨の日にはこの桜の近くで女の泣き声を聞いたとか、月夜にはこの木の下に青ざめた女が立っているのを見たとか言う者がいて……。」

「あっはっはっは。」

若者がいきなり、楽しそうに笑い出した。村長は目をむいた。

「な、なんじゃ、君は、なんじゃ、笑うとは……。」

青筋を立てて怒る村長に、若者はすまなそうにわびた。

「ああ、すみません。それにしてもうわさってすごいなあ。そんな話ができあがってしまうんだから。」

「ふん、幽霊なんぞおらんというのかね。それでは、この散らない桜をどう説明する?」

「ええ、確かに散らない桜は不思議です。でも、幽霊がこの世にいるかどうかなんて知らないけれど、少なくともその娘の幽霊は出ませんよ。だって彼女は咲きたての花みたいに元気ですから。」

「なんで君にそんなことがわかるんだ。」

「だって、その話の若者ってのは僕のことですもの。その娘とは別れたときから、ずっと手紙のやりとりをしていましたから。春にはどうしてももう少し貯金が足らなかったんで、いっしょになるのを半年延ばそうって、手紙で相談したんです。花盛りのこの木の下で会おうと約束してたのに、それがちょっと残念でしたが。」

「手紙のやりとりをしてたあ? なんじゃ、それじゃちっとも、悲劇でもロマンチックでもないじゃないか。」

村長、いささか年に似合わぬことを口走る。若者は照れたように白い歯を見せた。

「そうですね、二人ともけっこう筆まめだったもので。彼女の家族もみんな元気ですよ。今じゃ僕たちのことを気持ちよく許してくれてます。この村で落ち着いて暮らすだけの貯金もようやくできたし、花には半年遅いけれどこの木の下で会おうって打ち合わせて、今日ここにきました。でもまさか、花が咲いてるなんてねえ。」

若者は、日の光にきらめく花びらをまぶしそうに仰いだ。

「だが……それじゃあいったい、どうしてこの桜は散らないんじゃろ……。」

村長は首をひねった。そのとき若者がベンチからぱっと立ち上がって手を振った。野の道をやってくる姿を認めたからだ。咲きたての桜のように可憐《かれん》なその娘も若者に気づくと、羽根が生えたような足取りで駆け寄ってきた。若者は大きく腕を広げて、しっかりと彼女を抱きとめた。

と、そのとき、二人の頭上に広がる枝から花びらがいっせいに離れた。花びらははじめ光る雪のように静かに、やがて春の嵐《あらし》のように激しく、幸福な二人を包んであとからあとから舞い散った。

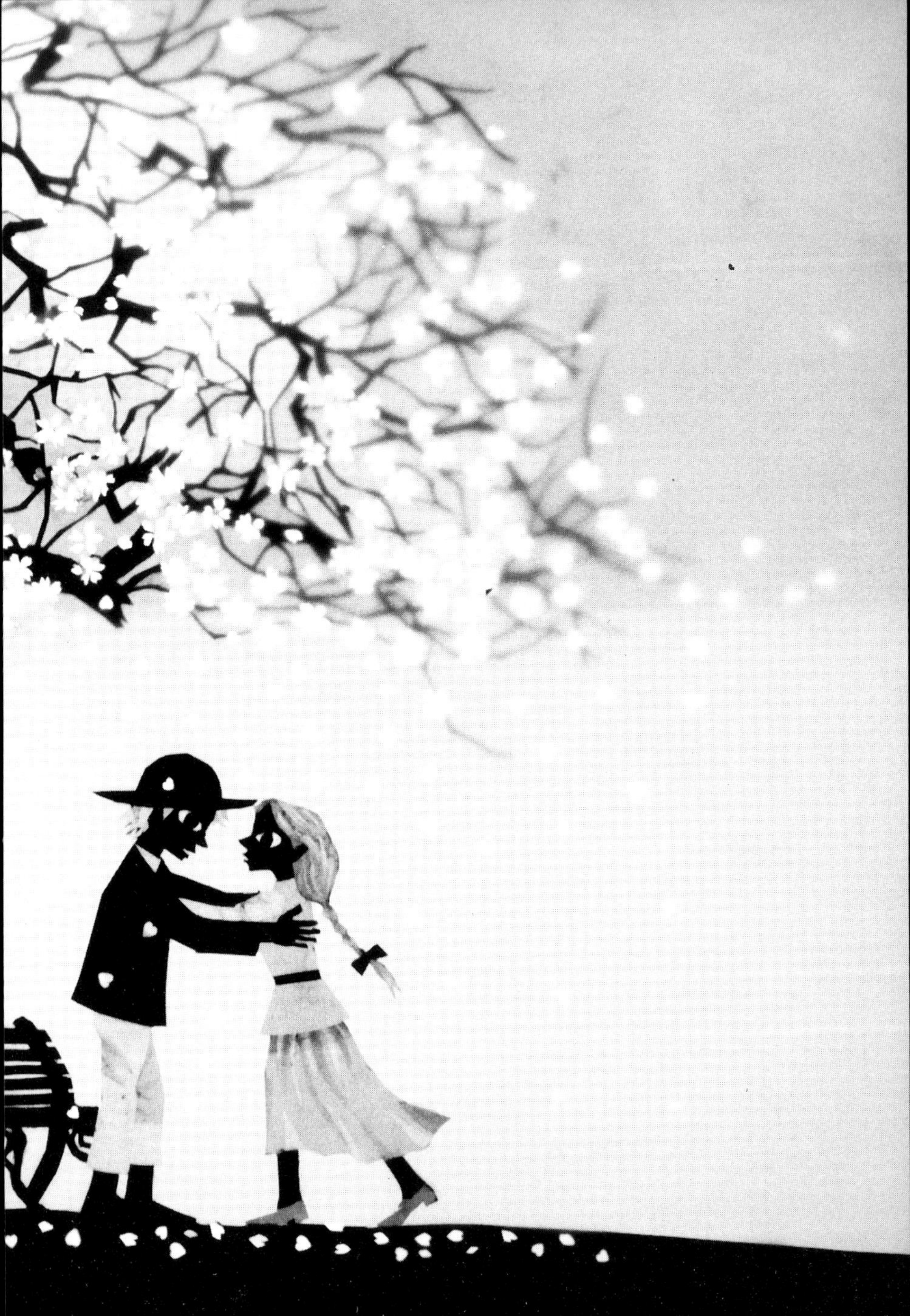

そうして村長にもわかったのだ。桜も、ずっと二人を待っていたのだ、と。約束を守るために――この美しい光景を飾るために。

さて、この村外れの桜がもう奇跡でも名所でもなくなって、当たり前の桜にもどってしまったことを、村長が残念に思わなかったと言えばうそになる。なにしろ見物客はだんだん増えていたし、その客に説明するための口上までこしらえていたほどなのだから。(若者に聞かせたのは、その練習だったわけだ。)

でもこの村長、決して愚かな人物ではなかったので、悲劇の名所の代わりに平凡に幸福な若夫婦が一組、村に増えたことで十分満足したのだった。

僕のミシェルおじさん

僕のミシェルおじさんは偉大な音楽家だった。でもそのことを知っている人間は僕しかいない。

母さんの弟に当たるミシェルおじさんは、子どものころは音楽の神童だったと聞いている。少し大きくなると、こんな片田舎ではもったいないという周りの意見もあり、遠くの町に音楽の勉強に行ったそうだ。そこでも学校始まって以来の天才と言われていたのに、何年かたって、ふらりと村に帰ってきた。楽器の一つも楽譜の一枚ももたず、なぜ帰ってきたのか、音楽の勉強はどうするのかという問いにもひと言も答えなかったという。僕が生まれる少しまえのことだ。

それからずっと、ミシェルおじさんは森番をしながらひっそりと暮らしていた。ひげもじゃの顔をしていつもほほえんでいるが、どうしても必要なとき以外、村人と口はきかない。村でも手に入る笛やラッパなどの楽器には手もふれなかった。

それなのにおじさんはときどき、ぼんやり森の木にもたれ、まるで竪琴《たてごと》を奏でるように手を動かしていることがあった。大人になって何もかも失い、結局〝ただの人〟になった神童が昔を懐かしんでいるんだろうよ。村人たちはそんなふうにうわさしてなんとなくおじさんをばかにしていたし、僕の母さんもいつも、情けないことだと愚痴をこぼしていた。だから僕もおじさんを軽く見ていたのだ。十歳のその春までは。

危ないから木に登ってはいけない。かわいそうだから小鳥の巣を取ってはいけない。いつも母さんに言われていたのに、僕はそのとき、木に登って小鳥の巣に手を伸ばしていた。バチが当たって足をかけていた枝が折れ、あわてて幹にしがみついた手が滑った。体がふわっと浮かんだと思うと、目の前が暗くなった。

目を開けてみると、なんだかひどく地面が近くて、僕は草になってしまったような気がした。草の目で見ると、森の中が輝くほどの生命にあふれているのがわかった。よく晴れた日で、梢からさし込む木漏れ日にまわりの草が喜んで葉をさしのべている。

そのとき僕の耳に、だれかの足音が聞こえた。ミシェルおじさんだった。おじさんは草になった僕に気がつかないのか、一本の木にゆったりよりかかった。木漏れ日が斜めにおじさんの肩口を照らす。

と、おじさんは光の筋をその指に捉えた。そのままピンピンとはじく。楽器の音を試すように。不思議な音が森に満ちた。僕の草の耳がぴりっと立った。あたりの草や木もにわかに緊張するのがわかる。

そして、音楽が始まった。おじさんがはじく光の弦が生み出す、その調べ。あるときは高くうねり、あるときは低く沈み。風にそよぐ蜘蛛《くも》の糸のように細く、大地に根を張った大木のように太く。夏の日ざしのように強く、秋の夜のように深く、雪の朝のように清らかで、春の夕暮れのようにやさしい調べ。森の生命のすべてがその調べに力づけられ、癒されていくのがわかる。草になった僕もその調べにうっとりと聞き入った。

これほど美しい音楽を奏でるおじさん。光に選ばれた光の音楽家——そのために人間の世界でのすべてを捨てた、僕のミシェルおじさん。

不意に音楽がやんだ。おじさんが草になった僕に気づいたらしかった。驚いた顔で大股《おおまた》に歩み寄ってくる。目の前がまた真っ暗になった。

目を覚ましたら、うちのベッドに寝ていた。無事人間にもどった僕を見て、母さんは泣いたり笑ったり怒ったり、大忙しだった。僕を運んできてくれたミシェルおじさんは、森を見回っていて倒れているのを見つけた、とだけ言ったそうだ。

じきに元気になった僕は、その後もときどき、森で手を動かしているおじさんを見かけた。だが人間に戻った僕には、もうあの音楽は聞こえなかった。それはずいぶん残念なことだったけれど、その日から、僕のおじさんを見る目は変わった。

そう、今ではもう何十年もまえのことになるが、僕は光が奏でるあの調べをはっきりと覚えている。そして、人間の中では僕しか知らなかった偉大な音楽家、僕のミシェルおじさんのことを、いつも誇らしく思い出すのだ。

冬

交響楽《シンフォニー》――「あなた」に

静かに――
夜明けの森の中
白銀の光の中
すべてが黙する一瞬がある

指揮棒が振り下ろされるまえの
ぴいんと張りつめた空気

もうすぐ始まる
一日の歌
全世界が奏でる交響楽《シンフォニー》

すべての「あなた」への応援歌
たったひとりのあなたへの恋歌

まいごの犬

「昔、たいそう偉い羊飼いがいたんだそうだよ。」

人のよい羊飼いが、自分の飼っている羊たちを相手にそんな話を始めた。

「その方は百匹の羊を飼っていたんだが、そのうちの一匹の姿が見えなくなったとき、そのたった一匹のために自分の危険も顧みず荒れ野に出かけて、とうとう見つけてきたそうだ。僕もそんな立派な羊飼いになれればいいんだが。」

羊たちは口々に言った。

「でも、僕、おじさんはそういう羊飼いだと思うな。」

「うん。僕らのうちの一匹がいなくなったら、きっと探しにきてくれるよ。」

羊飼いは照れて手を振った。

「そうしたいとは思うけどね、僕にそんな勇気はないよ。」

すると、そこに口を挟んだものがあった。

「立派かどうか知らないけどね、俺に言わせりゃ、そういう羊飼いはただのばかだね。」

傲慢《ごうまん》な口調に羊たちはむっとしたが、声の主が番犬のジョーだったので何も言えなかった。ジョーは羊飼いを手伝って羊の番をするのが仕事だが、その牙《きば》は鋭く、身体も大きく、もし、おおかみがきたりすれば、おひとよしの羊飼いよりもはるかに頼りになる存在で、それだけにこわいのだ。ジョーは言葉を続けた。

「考えてもみな。一匹を探しに行ってるうちに、残りの九十九匹がまいごになったり、おおかみに襲われたらどうする。大損じゃないか。第一、まいごになるような羊は言いつけを守らないか、頭が悪いかどっちかだろう。そんな羊のために、まじめに言うことを聞いている羊を危険な目に遭わせるなんて不公平だ。まいごになるようなくだらない奴は放っておけばいいのさ。」

「そうかなあ……。」

羊飼いは思いもかけぬことを言われて、すっかり面食らったようだった。

「そうに決まってるだろ。あんたもばかだからなあ。さあ、もう帰る時間だぜ。」

ジョーはのっそり立ち上がって黒い毛皮をぶるんと震わせた。牧場を吹く風が冷たくなっていたからだ。

羊たちの先頭に立って歩きながら、なぜかジョーはいらいらしていた。

『うちのあいつは』とジョーは考えた。あいつ、というのは羊飼いのことである。ジョーは別に羊飼いを嫌っているわけではない。ごく気のいい奴だと思っている。だが同時に、要領が悪くて気のきかないばかだとも思っている。『うちのあいつは羊どもに甘すぎる。頭が悪くてまいごになって、そのうえ自分で帰り道も見つけられないような奴は放っておけばいいんだ。それもわからないなんて、まったく間抜けだな。』

ちらりと振り向くと、羊飼いは群れの脇《わき》をついて歩きながら、はぐれる羊がいないよう気を配っていた。普通ならばこれは犬の役目なのだが、ジョーは知らん顔でいつも先頭を歩くことにしていた。羊飼いの印の杖こそあいつがもっているが、自分のほうが頭がよくて勇気もあり、はるかに羊飼いとして優れていると心の中で思っていたからだ。道をそれかけた羊をあわてて連れ戻す羊飼いの様子を見たジョーは、舌打ちしながら向き直って歩みを進めた。

空がいつのまにか曇って、白いものがちらちら落ちてきた。と思うと、雪はあっというまに激しくなり、あたりは白い幕を下ろしたように視界がきかなくなった。

「ハックション！　これはたまらん。」

羊どもはどうしているだろうとジョーは振り向いた。ところがなんと、自分のうしろには一匹の羊もいないではないか。腹立ちまぎれにいつもより速足で歩いていたジョーは、いつのまにか羊たちをおいてきてしまったのだ。

「なんてこった。あいつら、まとめてまいごになりやがって……なんて頭の悪い奴らだ。」

探そうにもあたりは真っ白、白い羊の姿など見えはしない。そのうえ、「ハックション！」自慢の鼻もすっかりつまってしまって、臭《におい》をたどることができない。羊を探すどころか、帰り道さえわからないのだ。

「おーい！　おーい！　まいごの羊と、羊飼いやーい！」

ジョーは大声で呼ばわり、あたりをあてもなく駆け回った。いよいよ方向がわからなくなり、身体はこごえ、疲れ果てた。白い風の吹き荒れる世界でたったひとり、ジョーは認めないわけにいかなくなった。まいごになったのは自分のほうだ……。

まいごになるようなくだらない奴は放っておけばいいのさ。ジョーは自分が羊飼いに言った言葉を思い出した。がっくりとその場に崩れ落ちたジョーは、襲いかかる寒さの中、小さく小さくうずくまった。

「ジョー! おいジョー、しっかりしろ!」

どれほどたったのだろう。うとうとしていたジョーは、強く揺すぶられて目を覚ました。羊飼いと羊たちが心配そうに自分を取り囲んでいた。

「ああよかった。やっぱり探しにきてよかったよ。さあ、帰ろう。」

羊飼いはジョーの大きな身体を背負った。

「あんた、ほんとにばかだな……。」

ジョーは細い声で言った。

「ああ、僕はばかだからね。」

羊飼いは明るく答えて歩き出した。その首筋に、ジョーの涙がぽたぽたと落ちた。

預かった袋

　ほう。わしくらいの年寄りになると、背中や腰が曲がるのはなぜかって？　皆の家のじいさまやばあさまも、きっとそうなっておるじゃろ。よしよし、その秘密を教えてやろうな。そのまえにほら、寒くないかね。もっと火のそばにお寄り。みんな、カップは行き渡ったかね。わしの淹《い》れるココアはちょっとしたもんだからな、味わって飲んでくれよ。塩のさじ加減にちょっとしたコツがあるんじゃ。うん？　おお、そうじゃよ。ココアには塩を少々入れるとうまいんじゃ。知らんかったか。ちょっぴり塩っぱさがあるから甘みが生きるってもんでな。

　さて、なんでこんなに腰が曲がっとるかと言えばじゃ。実は、年寄りはいつもこの背中に重い袋をしょってるからな、自然こんなふうになるんじゃよ。そう、起きてるときも寝てるときもな。ふむ、どこにそんな袋があるかって？　これはもともと自分以外の者の目には見えんのじゃよ。実はみんなもな、その袋はもってるんじゃ。ただみんなの袋はまだ軽いから、そんなものをもってるとは気がつかんじゃろ。わしらの年齢になると重くてなあ。え、それなら下ろしてしまえばいいってか。それがなかなかそうはいかん。大切なものの入った袋じゃからな。

みんなは覚えておらんか、その袋をもらったときのこと。みんながこの世に生まれるちょっとまえのことじゃ。それじゃ覚えてなくて当たり前だ？　わしははっきり覚えておるぞ、ほっほっほ。わしはそのとき、それはやさしい方の腕に抱かれていた。こら、笑うんじゃない。今はこんなにかわいげのないじいさんじゃが、そのころのわしは小さくてふわふわの赤ん坊だったんじゃからな。暖かい腕の中で、わしは夢心地でうとうとしていたが、その方がわしに大きくて丈夫な袋を握らせてくれて、こんなことをおっしゃったのを覚えている。

「この袋を君に預けるよ。あっちへ行ったら、この袋の中に大切なものをたくさん入れておいで。何を入れるかは君次第だよ。自分がほんとうに大切だと思うものなら、なんでもいいからね。そうしていつか、それをここへもってかえって、袋の中身を見せておくれ。でも一つだけ約束してくれるかい。きっとあちらでは、この袋が重くてしかたないことがあると思う。そういうときでも、この袋を捨ててしまうことだけはしないでほしいんだ。大切な袋だからね。もし君が捨てたりしたら……。」

「どうなるの。」

わしは寝ぼけまなこできいた。なくすと叱《しか》られるんじゃないかと心配だったからな。するとその方は、

「わたしはきっと、悲しくて泣いてしまうよ……。」

そう言った。わしは、はじめちょっとおかしかったよ。この大空よりも大きくて強いその方が、赤ん坊みたいに泣いてしまうなんてね。でもそのとき、わしのせいでこんなやさしい方を泣かせるかもしれないと思うと、胸がきゅっとなるほどつらくなったんだ。だから、わしは約束したよ。何があろうと、決して袋を捨てたりしないって。

それからわしはこの世にやってきた。袋をしっかりと握りしめてね。

いろんなものを入れながら大きくなったよ。袋もだんだん重くなってくる。はじめは手にぶら下げていられたが、そのうち腕に抱えなきゃいられなくなる。やがて背負わなけれ

ばどうしようもなくなる。そして、あの方の言ったことがほんとうだとわかる。確かに重くてしかたないことがあるんじゃ。こんなもの、えいっと捨ててしまえばどんなに楽になるかと何度も思った。だがそのたび、あの方が海があふれるほど泣いてしまうだろうと思うと、できなかったな。みんなも、大好きな人が泣いてるのを見るのはつらいじゃろ？

今は捨ててしまわなくてよかったと思ってるよ。自分でも今は、この袋のことが大切でな。いつか中のものを出してみるときが楽しみなんじゃ。そう、いろんなものが入っとるよ。だが、あれはどういうもんかな。お金や宝物は、入れておいてもいつのまにかこぼれてしまうのかな。メダルとか勲章なんてものもだめらしいな。王様の王冠なんかもだめなようじゃ。

え？　いやいや、わしがそんな宝や勲章をもってるってわけじゃないよ。わしくらいの年になると、みんなの背負っている袋がよく見えるようになってな。たいそうなお金持ちでお城のような家に住んでいる人でも、背負ってる袋はぺっしゃんこという人がときどきいるんでなあ。よしあしを言っとるんじゃないよ。あの方は、袋を好きなように使えとおっしゃったんだから。ただ、いつかあの方のもとに戻ったとき、袋の中身が少ないと、あの方に見せるものが少ないってことだな。残念じゃろうな。大好きな方とは、あんなこともあったこんなこともあったと、たくさんたくさん話がしたいだろうに。

わしの袋は幸い、けっこういっぱいになったようじゃ。重さで曲がったこの腰を見ればわかるじゃろ？　あの方にたくさんお土産話ができるわい。わしの袋にいちばんたくさん入っておるのはきっと、みんなの笑顔じゃろうな。みんながそうやってにこにこしながらわしの話を聞いたこと、あの方に話すときのことが今から楽しみでな。あの方はきっと、そういうものをもってかえってもらうのが、いちばんうれしいんじゃないかと思うんじゃよ。

雪花石膏《アラバスター》のファンデーション

レナがその化粧品売りのおじさんをはじめて見たのはソーヤと付き合い出したころだったから、もう一年はまえになる。街灯がぽうっぽうっと光り始める夕暮れどきのことだった。まるまる太ってひげを生やしたそのおじさんは、北風など文字どおりどこ吹く風と、楽しげに道に黒い布を広げていろんな化粧品を売っていた。立ち止まったレナを見上げたおじさんは、人のよいサギ師のような笑みを見せてファンデーションの箱を差し出した。

「どうです。雪花石膏のような肌になるファンデーションですよ。試しにつけてごらんなさい。」

渡されたスポンジを顔に軽くはたいてみて、レナは驚いた。ほんのひとはきで魔法のように、肌が白くすべすべになったのだ。お話を読んで想像するだけだった雪花石膏のような肌、こういうのだったかと感心するような仕上がりだった。おしゃれで都会的なソーヤとどう付き合ったらいいのか不安に思っていたときだったから、レナは一も二もなく買ってしまった。

そうしておじさんはその後も、まるで魔法使いみたいにレナの生活の変化をかぎつけて現れ、道に店を広げた。最新式の車が自慢のカート。パーティーのエスコートが上手だったフェル。ダンスのステップならだれにも負けなかったショーン。レナの前に新しい男性が現れるたびに、おじさんは何か新しい化粧品を差し出す。

さえない自分にどうしようもなくじれったい思いをしていたレナは、いつもそれを買ってしまった。シャンデリアの光の下で虹色に変化するアイシャドー。夜風にそよぐたおやかなまつげを作るマスカラ。薔薇の花びらのような色合いのルージュ。あのころのレナはまるでマネキン人形のような完璧《かんぺき》な美人になって、さまざまな男性と華やかな夜の人の波の中を泳いでいた。そう、あのころは。

そして、今日またおじさんが現れた。そろそろだと思っていた。だって、ルウクと出会ってしまったから。日曜はいつも公園で小犬と遊んでいるルウクは、ひざの抜けたジーンズをはいた人だった。レナも犬好きだったから、いつのまにか話をするようになっていたのだけれど、このルウク、流行のことは見事に何も知らない人だった。レナの気をひくためにおしゃれな会話をするなんて、とうていできない。話題がなければ、いつまでも黙ってにこにこしている――それでも少しも気詰まりでないひと。そうして彼がこのあいだ、レナの顔をじっと見つめて言ったのだった。

「君の顔、なんだか息苦しそうだね。もっと楽にすればいいのに。」

だから、レナはおじさんを待っていた。おじさんが今回当然のように差し出したのは、一個の透明な石鹼《せっけん》だった。

「飾りをさっぱり落としてくれる石鹼ですよ。今度はこれが入り用でしょう?」

おじさんはニヤリと片目をつぶる。あれだけ化粧品を売りつけておいてケシカラン奴。そう思ってくすっと笑ったら、おじさんはつけ加えた。

「今回の分はサービスです。これが最後ですからね。それに今日という日だし。」

家に帰ってから、レナはさっそくその石鹼で化粧を落とした。さっぱり心まで素顔になって窓の外を見ると、白いものが舞い始めていた。

そういえば今日はクリスマスだった。

「俺の母さん」

昔、美しい魔物がいた。堂々とたくましく、それでいて優美な体軀《たいく》。髪は燃える炎の赤、瞳は夜明けの空の灰色。額の真ん中には、彼の魔力の源である角が明けの明星のように光る。地を這《は》うように暮らす惨めな人間どもがその姿を見ようものなら、ひれ伏して拝まずにいられないほど美しい姿だった。

とはいえ、人間がその姿を見る機会がそうあったわけではない。魔物が住んでいたのは深い森の奥の城、しかも森を抜ける道には魔物が魔法の網をめぐらせて、そこを通る人間がいても自分では知らないうちに城を迂回《うかい》して通るようになっていた。こうして魔物は、卑小な人間たちとはまったく交渉をもたずに暮らしていた。

魔物が住む城もやはり魔法の粋を尽くして作ったもので、何日かけてもめぐりきれないほど大きく、また豪奢《ごうしゃ》なものだった。城には魔物を囲んで大勢のものがいた。人形に魔法をかけて作った忠実な召し使いたち。そして、魔物が磁石のように発する魔力に引き寄せられて集まったいにしえの美しい民、たとえば金のたてがみをもつユニコーン、銀の翼をもつペガサス、聞くものの心をとろかす歌い手にして水の妖魔であるセイレーン、漆黒の毛皮と火の息をもつ黒犬。トネリコの木の乙女、月桂樹の木の若者、泉の乙女、川の若者。炎の精《サラマンドラ》に風の精《ジュルフェ》。こういった美しい客人たちは、くる日もくる日も城の広間で魔物を眺め、その美しさ偉大さを飽くことなくたたえて過ごした。魔物は魔物で召し使いや客人たちをそばにはべらせ、その美しさを愛でるのが好きだった。晴れた昼下がりや月の輝く夜には、魔物は客人たちを連れて野遊びに出た。ペガサスやユニコーンは争って魔物を背に乗せたがった。魔物と美しい民が野を行く姿をたとえ人間が目にしたとしても、それは一陣の疾風が通りすぎたとしか見えなかっただろう。

ところがある日、魔物は森の道のほとりにくしゃくしゃとかたまったものを見かけて、気まぐれにユニコーンの足を止めた。ぼろきれの山かとも見えたそれは、ぼろぼろの服をまとった人間の年老いた女だった。道に迷っていたらしい彼女は、美しい異形の民に囲まれて肝をつぶしたように首を右に左にとめぐらせていたが、やがて真ん中に立つ魔物の顔に目をとめると、なんとその足にすがりついた。

「息子や……帰ってきたんだね、息子や。」

そうおろおろとつぶやきながら。宵の明星のように美しい魔物と媼《おうな》の哀れっぽい姿の対比はいかにも滑稽《こっけい》で、いにしえの民たちも失笑せずにはいられなかった。魔物も苦笑いしながらこう言った。

「まあよい。この者もわが魔力に引き寄せられたのであろう。こういう人間の召し使いをもつのも一興だ。城に連れてかえろう。」

一頭のペガサスが媼の襟首《えりくび》をくわえ、軽々ともち上げた。たまげた彼女が悲鳴をあげるまもないうちに、一行は風のように帰途についた。

媼はその日から魔物の城で、台所の片隅を与えられて暮らすようになった。召し使いといっても大して役に立つわけではない。ぼつぼつと床磨きをするくらいが関の山だった。ただ彼女が広間や廊下の床を磨いているとき、ひそやかに通りすぎるいにしえの民に出くわしては仰天するさまは、客人たちにとってはいい座興だった。ある日、月桂樹の若者が彼女の首にぶら下がったロケットに気づいた。月桂樹は人間と縁の深い木だけに、この若者も、ロケットは人間が大切なものをしまっておくために使うというくらいの知識はもっていた。

「何が入っているのかな。ちょっと見せてもらうよ。」

輝くほど美しい若者にそう言われて身動きもできない媼の首からロケットをはずすと、月桂樹の若者はそれを開けてみた。中に入っていたのは小さな肖像画だった。くしゃくしゃの髪にぼんやりした目、なんとも間延びした顔の青年の絵である。どことなく媼と面差しが似ている。

「なんだね、これは。」

「息子です。」

「へえっ。」

媼の低い声を聞いて、月桂樹の若者も、その場にいたほかの客人たちもあっけにとられた。

「息子？　あんたの？　はじめの日にここのご主人に向かって言ってた、あの息子？」

「ここの殿を、このぼんやりした顔と間違えたって？」

「これはいいや。あっはっはっ。」

客人たちは大声で笑い始めた。時を超え、すべての感情を超えて生きるいにしえの民が、これほど大声で笑うのは珍しいことである。つられて人形の召し使いたちまで、かすかに風が吹くような笑い声をもらした。

その夜、広間で客人に囲まれて宴を楽しんでいるとき、月桂樹の若者からその話を聞かされた魔物はまた苦笑した。

「老いのため目も頭も弱っているのだろう。まことに人間とは惨めなものよ。」

「さようでございます。」

やがて宴もたけなわ、セイレーンが心をとろかすような声で歌い始めた。炎の精と風の精がそれに合わせて舞う。この城の主人である魔物の美しさ偉大さをたたえる歌であり、舞であった。宴はいつ果てるともなく続いた。

それが偶然のできごとであったかどうか、今となってはわからない。月桂樹の若者に焦がれる蔓薔薇《つるばら》の乙女と、トネリコの乙女を愛する白樺の若者がかたらっての仕業だといううわさもある。ともあれ、それは突然やってきた。魔物がユニコーンに乗ってひとりで森の道を進んでいるとき、ユニコーンが蔓薔薇に足を引っかけて大きくよろめいた。魔物は傍らの白樺の枝につかまって体勢を立て直そうとしたが、丈夫に見えたその枝はあっけなく折れ、魔物はまっさかさまに落馬してしまった。頭をしたたか打ってちょっとのあいだぼうっとしていた魔物は、ふと額がうそ寒いのに気づいた。額に手をやってみると、なんと、魔力の大本である角がないではないか。落ちた拍子に白樺の幹にぶつかって折れてしまったらしい。

　魔物はあわてて、そばにあった泉に自分の姿を映してみた。やはり角は根元から折れてしまっている。そして魔力が消えてしまったせいで、立派だった服はぼろぼろ、それどころか、あれほど美しかった自分が、今はくしゃくしゃの髪に間延びした顔の不細工な大男にすぎなくなっていた。振り向いてみると、ユニコーンはすでに影も形もなかった。いにしえの民はもともと、一つのものに縛られるようにできてはいない。魔力が消えた今、ユニコーンは夢から覚めたような気持ちで魔物のことなど忘れ、昔のすみかへと、水晶のひづめを軽やかに鳴らして駆けていったにちがいなかった。

それこそ悪夢でも見ているような気持ちで城のあった場所に帰ってみたが、もちろん城などなく、薄汚い掘っ建て小屋が残っているだけである。城にいた客人たちもみな、それぞれのいるべき場所へ――白い山の峰へ、ごうごうとたける川の底へ、あるいは森へ、海へ、野へと帰ったのであろう。召し使いたちも崩れ去って、もとの土くれに戻ったにちがいない。

がっくりとその場にしゃがみ込もうとした魔物は、小屋の前にあの媼がうずくまっているのを見た。彼女は去っていかなかったのだ。媼はあらゆるものが一瞬に消え去ったことにひどくうろたえている様子で、よたよたと近寄ってきた。しかし魔物はやにわに力が湧くのを感じて彼女を押しのけた。

「そうだ、この者が残っているところを見ると、わが魔力もすっかり消えうせたわけではないのだろう。よく調べれば魔力を取り戻す方法とて見つかるかもしれぬ。」

その日から魔物は掘っ建て小屋に住み、なんとか魔力を取り戻す方法はないものかと手探りを始めた。別にいろと命じたわけではないが、媼も召し使いとしてとどまっていた。

寝食を忘れて考え事に没頭する魔物を媼はおろおろと見守り、粗末な食事を用意してなんとか魔物に食べさせようとした。だがそれは美食に慣れた魔物にはとうてい我慢ができないもので、ほんのわずか口をつけるだけだった。

腹が満たされず、最初に芽生えた希望もそれきり育たない毎日に魔物はいらだち、怒りっぽくなった。媼の用意した食事をひっくり返し、彼女を打ちすえることもあった。それほどの仕打ちを受けても目に涙をためながら決してそばを離れない媼の姿に、魔物は、「まだ魔力が生きているのかもしれない」という希望を捨て去ることもできず、いらだちを募らせた。

魔物のすさんだ様子に媼も思いあぐねたのだろう。ある日、どこで手に入れたのか酒の小瓶を食卓に出した。魔物は酒を飲むのははじめてだった。いにしえの民には人間のように酒を飲むという習慣がなかったのだ。

「ほう、これはうまいものじゃないか。人間にも少しはとりえがあるんだな。」

魔物は瓶を一気に飲み干してしまった。

「おい、これじゃ足りねえよ。明日はもっともってきな。」

酔いのせいか、魔法が失われて久しいせいか、言葉遣いまでひどく乱暴になった魔物は、その日は久しぶりに鬱屈《うっくつ》した気分から逃れ、粗末なわら布団をのせたベッドにのびのびと横たわった。

魔物が目を覚ますと、小屋の中には媼の姿が見えなかった。水でも汲《く》みに出かけたかな。彼女がいまさらいなくなるとは少しも思えない魔物は、そんなことを考えながら身を起こした。ふと、傍らのテーブルに小さな絵が置いてあるのに気づいた。

「ああ、これが昔、客人たちが言ってた絵か。だがロケットはどこにいったんだろう。」

その絵をあらためて眺めて魔物はぎょっとした。くしゃくしゃの髪に、ぼんやりした目の男。顔立ちが似ているというわけではないが、その絵は今の魔物にひどく似通った雰囲気をもっていた。

「まさか……あいつは俺がこんなふうになるってことを知ってたのか。それともあいつの目には俺がまえからこんなふうに映ってたのか。」

魔物は薄気味悪くなった。寝覚めの水が飲みたくなってベッドから起き上がる。媼がいつも水を汲んでいる裏の泉に行ってみたが、そこにはだれもいなかった。水を飲んでから魔物はのびをし、ついでにあたりを見回した。

「いないな。薪でも拾いに行ったかな。どれ、俺も少し散歩するか。」

魔物は森の道をぶらぶら歩き出した。そこらあたりにあのぼろ服姿が見つかったら、「早くめしにしろ！」とどなるつもりだった。しかし、いくら行っても媼は見当たらない。魔物はどういうわけか、角が折れてしまったときのようなうそ寒い気持ちを味わいながら、ずんずん森の道を歩いた。いつのまにか、あの白樺の根かたまできていた。息を切らしてその場にしゃがみ込んだ魔物は、途方にくれて額をなでた。いったい自分がなぜ途方にくれているのかもわからないまま。額はすべすべしていて、角の名残りもない……。そう感じた瞬間、魔物は立ち上がった。突然わかったのだ。

自分にはもう、角がない。魔力のかけらも残っているはずなどない。あいつは、魔力のせいで俺のそばにいるんじゃないんだ。あいつだけは、俺が美しくなくても、魔力なんてなくても、俺を見捨てなかった。俺のほんとうの姿を知ってて、それでもそばにいてくれたんだ。

魔物はほえるような大声をあげた。

「おーい！　おーい！　どこにいるんだ！」

そういえば俺は、あいつの名前も呼べないんだ。ここに呼びたい、そばにきてほしい、このときに……。

落ち着け。考えるんだ。昨日あいつは酒とかいうものを手に入れてきた。あれを手に入れるには、人間のいるところに行かなきゃならない。俺が今日ももってこいと言ったから、あいつはまたそこに行ったはずだ。

これまで足を向けたこともないが、いちばん近い人間の村がどこにあるかぐらいは知っていた。魔物は走り出した。


よく晴れたその朝、村の酒場の前には人だかりがしていた。気短な酒場の主人が荒々しい声をあげ、その前でひとりの娼がすくみあがっている。

「まったくなんて奴だ。昨日は金がないから交換してくれって、安物のロケットなんかもってきやがって。哀れに思って一瓶やったのによ、今日はまた、もっと大きな瓶をくれときた。だめだと言えば持ち逃げしようとしやがった。」

「そんな……今日だけは借りさせてください。お代の分はちゃんと働いて返しますから……。」

「あんたみたいなよぼよぼに働いてもらったって何の足しにもならねえよ。村長さんに突き出してやるから、そう思え。」

するとそこへ、人だかりをかきわけてひとりの大男が飛び込んできた。

「頼む。責めないでやってくれ。俺が悪かったんだから。」

間延びした顔だが、いかにも力だけは強そうな大男がひざまずき、頭を地面にすりつけんばかりにして頼むので、酒場の主人はいささか鼻白んだ。

「なんだ……いや、そりゃあな、あんたが身元の請け人になってくれるんならな。あんたなら十分働きもありそうだし。なんだね、このばあさん。あんたの母さんかね。」

大男はぱっと目を輝かせ、媼を振り向いた。

「そうだ、そう呼べばいいんだね。母さん。俺の母さん。」

大男は媼を抱きしめた。

「息子や……。」

媼は細い声でつぶやきながら、大男のくしゃくしゃの髪をなでた。

大男の大きな体に媼の小さな体はすっぽり隠れてしまいそうだったけれど、なぜかその光景は、その場に居合わせた村人たちの目に、幼い子が母親に抱かれているように映ったのだった。


気短だが存外人のいい酒場の主人の世話で、大男は村に働き口を見つけた。こうして村には仲むつまじい母子が一組増えた。村人たちのだれも、この二人がもとからの親子でないと、ましてや一方がかつて美しく偉大な魔物だったなどと思う者はなかった。それほどこの二人は平凡でありふれていて、そして幸福だった。

風の声

足元もおぼつかないほど疲れ果てた青年は、最後の力をふりしぼって茂みをかきわけた。と、不意に目の前が明るくなった。

日の光も通らぬほど鬱蒼《うっそう》と生い茂った森は、そこだけぽっかりと空間がひらけていた。空き地の真ん中には真珠色の小さな花に縁どられた泉がある。泉は夜明けの星のように、かすかな光を放っている。絶えまなく湧き上がる水が泉の面にさざ波をたてているが、それでいて泉から水があふれ出す様子はない。大地の奥から湧き出したこの清らかな水は、たとえひとときでも地上にとどまるのを厭《いと》うて、水面からそのまま天へと昇っていくのかもしれない。

目指すものにようやくたどり着いた安心から、喜びを感じるよりもまず呆然としていた青年は、泉のほとりに黒いものを見つけて目を疑った。それはどうやら黒い衣をまとった老人のようだった。

「こんなところに……。」

青年の不審も無理はない。人里離れた山奥の、道なき道を何日も進まなければたどり着けないこの場所に、こんな老人がいることが信じられなかったのだ。若く頑健な身体をもつ自分でさえ途中で何度もあきらめかけたほどなのに。

青年がとまどううちに老人はゆっくり顔をあげ、こちらを見てほほえんだ。いったいいくつくらいだろう、顔には無数のしわを刻み、白いひげが胸に垂れていた。

「お若いの、お疲れさん。まあ一杯おやり。」

老人は傍らに置いた皮袋を取り上げた。ためらう青年の様子を見透かしたように言う。

「なに、これはこの泉の水ではないよ。ここまでくればいつでも飲めるんだ、急ぐこともあるまい。」

こちらの心を何もかも読んでいるような口調に居心地の悪さを覚えながらも、青年は腰に下げていた自分のコップを差し出した。そういえば確かにのどが乾いている。コップを満たした澄んだ液体を、青年はひと息に飲み干した。ただの水ではないのだろうか、かすかな甘みとぬくもりを含んだそれは、青年の心をふとなごませた。青年はゆっくり腰を下ろし、まだ警戒は解かぬながら、老人に話しかけてみた。

「ご老人、よくこんなところまでこられましたね。」

老人は、それには直接答えず、問い返した。

「あんたもやはりくるのには苦労したかね。」

苦労したどころではない、と青年は思い返した。不気味な獣の遠吠《とおぼ》えが響く昼なお暗い森、一歩間違えば底なしの沼に呑み込まれる湿地、切り立った断崖《だんがい》を伝う細い道。何度命を落としそうになったことか。いや、それよりいちばんつらかったのは……。

「いちばんつらかったのは、風の声。そうじゃろう。」

老人はまた青年の心を読んだ。

「そうです。あなたもあれを聞いたのですね。」

そう、この山に踏み入って以来、つねにつきまとった風の声。青年を包んで高く低く響いていた声。カエレ、モドレ、カエレ、モドレ……聞く者の気力を萎《な》えさせる、ときには猛《たけ》るような、ときにはすすり泣くようなその声がこの旅の最大の敵だった。

老人は今度も青年の問いには答えなかった。

「つまりおまえさんは、風の声なぞに負けなかったわけだ。どうしてもこの泉の水を飲みたいとみえる。よほどの願い事があるのじゃな。」

ついに青年は警戒をかなぐり捨て、老人ににじり寄った。

「教えてください。それじゃあ、この泉の水を飲めば願い事がかなうようになるというのは、ほんとうのことなんですか。昔から大勢の人がこの泉を求めて旅立ったというけれど、成功した人はいないという。それどころか、たいていの人は二度と戻ることなく姿を消してしまったというので、このごろではこの泉のことは不吉な伝説になってしまっている。あなたはどうなんですか、飲んでみたんですか。おっしゃるとおり、僕には願い事がある。魔法の泉にすがるしかないような願いなんだ。それは……」

「いや、それを聞くのはやめておこう。聞くといささか話しづらくなる。」

胸ぐらをつかまんばかりの青年の勢いを老人は穏やかな声で、だがきっぱりと止めた。

「まあ落ち着きなさい。どんな願い事をするのであれ、この泉のことはちゃんと話してあげるから。それを話すためにわしはここにいるんじゃ。さあ。」

老人はもう一度、皮袋の飲み物を青年のコップに注いだ。青年ははやる心を抑えるために、飲み物を口に運んだ。ほのかな味が今度も心をなだめてくれる。老人は静かに話し始めた。

「この泉の不思議な力のことは、ずいぶん昔から伝えられていたなあ。今では不吉な存在だと言われているとは知らなんだ。道理でしばらく、ここまでやってくる者がいなかったはずじゃ。その誤解はそのままにしておいたほうがいいような気もするが……。ああ、心配いらん、ちゃんとほんとうのことを話すよ。

うわさというのは三分の二はうそだとよく言うな。そのとおりじゃ。この水を飲むのに成功した者はいないというが、飲んだ者は確かにいる。そして、その者たちはそのまま姿を消したわけじゃない。一度はちゃんと故郷に戻っているのだから、そのへんのうわさは間違いだな。だが残りは――この泉の水を飲むと、願い事がかなうようになるというのは、紛れもなくほんとうじゃ。一つの願いをこめてこの水を飲めば、そのことにかけては神のような力をもつことができる。」

「たとえばある青年は、天気を思うままにあやつる力がほしいと願って水を飲んだ。熱心に畑仕事に取り組む農民だったから、気まぐれな天気のせいで収穫が台無しになるのがたまらなかったんだな。この水の力で青年は、願うだけで天気をどのようにも変えることができるようになった。大喜びでうちに帰った青年は、これでなんの憂いもなく畑仕事ができると思ったよ。」

「ところが、な。果物をうんと甘くするには夏の暑い日ざしが入り用だ。青年はその夏を思いきり暑くした。ところが厳しい暑さのせいで青年の隣に住んでいた年寄りが体を壊し、秋には亡くなってしまった。青年はひどく悔やんで、体の弱い人にやさしい気候にしようとその冬はごく暖かくした。ところがいつもなら、冬の寒さで死ぬはずの害虫がそのせいで生き残り、春にうんと増えて村中の畑を食い荒らした。青年は途方にくれたよ。自分の考えで天気を変えては、世の中の釣り合いを崩してしまうことがわかったからだ。青年はもう、夏のお日様を見上げて『ああ暑いな』、雨を見て『よく降るな』と言うことさえ恐ろしくなった。自分には思うだけで天気を変える力がある。自分の気まぐれな思いのせいでだれかが苦しむことになるかもしれない。青年はしばらく家にこもりきりになっていたが、ある日だれにも何も告げず、姿を消した。」

「たとえばある青年はひどく正義感が強かったので、人を罰する力がほしいと願った。水の力で青年は、これと思う相手には災難をもたらすことができる力を手に入れた。大喜びでうちに帰った青年は、これから行いのよくない者を罰してやろうと目を光らせていた。しばらくはよかったよ。人を傷つけるようなことを言った者は口がはれて三日もしゃべれなくなったり、老いた母親をなぐったろくでなしの息子は手をくじいてしまったり。みんな青年が願ったのさ。」

「ところが、だ。ある日青年は酒に酔ってけんかをし、相手に『お前など死んじまえ！』と叫んでしまった。相手は次の日、馬から落ちて死んだ。」

「青年はひどく悔やんだが、もう間に合わない。その日から青年は人に会うのが恐ろしくなった。自分には思うだけで人を傷つけ、殺す力がある。人をうかつに憎んだりしてはいけない。いや、愛することもできなくなったな。仲のいい間柄であるほど、たまにはけんかをしたりするからじゃ。そんなときうっかり『こんな奴いなければ』と、一瞬でも思ったらどうしよう。そう思うと、青年はあらゆる人から遠ざかるしかなかった。人を愛さぬよう、憎まぬよう、心を閉ざしてしばらく家にこもっていた青年は、ある日だれにも何も告げず、姿を消した。」

「こうして、どんな願い事をした者も失敗した。水を飲むのに成功したことが、失敗だった。」

「この水は神の力は与えてくれる。だが神の知恵を与えてはくれない。」

「神の知恵なしに神の力を得た人間は、もう人間ではいられない。」

「だれを愛することも、だれを憎むこともできない。」

「だれも憎まず、だれも愛さず、ただ風に溶けるしかない。」

「風に溶けて、ここに戻ってくるしかない……。」


青年は、はっとした。今のはなんだったんだろう。老人の話を聞いていたはずなのに……四方八方から聞こえる声に包まれていた気がする。ここにくるまでずっとつきまとわれた、風の声。

「なあ、お若い方。」

目の前にはやはり老人がいた。自分は夢でも見ていたのだろうか。

「わかったじゃろう？　わしら人間が無力な理由が。わしらはより強い力を、強い力をと求めつづける。だが知恵が伴わぬ力を得るのは恐ろしいことなんじゃ。それはもはや、万物の釣り合いを壊す呪《のろ》いでしかない。力ある業は真に知恵あるお方にお任せしておけばよい。知恵なき者は力もないからこそ、精いっぱい憎むこともでき、またひたむきに愛することもできる。そのひたむきさこそが、われわれ無力な被造物のもつ宝じゃろう？……」

老人はかすかにほほえんで口をつぐんだ。その黒い姿が不意にふわりとふくらんだかと思うと、やわらかく崩れた。まばたきするまもなく老人の体は跡形もなく消えうせ、黒い衣の切れ端だけが折から湧いた風にあおられて千々に散った。それといっしょにその声も、風に巻かれて少しずつ遠ざかりながら切れ切れに繰り返した。

「ダレカヲ愛シテイタカッタラ」

「風ニ溶ケタクナカッタラ」

「人間デイタカッタラ」

「カエリナサイ」

「モドリナサイ」
「カエレ」……
「モドレ」……

青年は今度こそほんとうに目を覚ました。泉のほとりにはだれもいなかった。老人の飲み物のせいで眠ってしまったのだろうか。それとも、あの老人のこともはじめから夢だったのだろうか……。

青年は改めて泉を眺めた。星の光を宿す水はさっきと変わらず水晶よりも澄んで、地中から湧き上がっては空へと昇っていく。その後を追うように空を見上げていた青年は、やがて目を伏せ、両手で顔を覆った。そのまま、石になったように動かなくなった。

どれほど時間がたったのだろう。ゆっくりと立ち上がった青年は泉に背中を向け、もときた道をたどるため、暗い森の中へと入っていった。まるで何かを振り捨てたようなすがすがしい瞳で——泉の方を二度と振り返ることなく、まっすぐ前だけを見て。

感謝の言葉

この幾つかのささやかなお話が形をとるまでに、お世話になったたくさんの方々へ、この場を借りて感謝を申し上げます。

「僕のミシェルおじさん」の中を流れる曲は、ピアニスト林晶彦さんのアルバム『エヴァンゲリオンⅠ』からイメージをいただきました。

もちろん、それぞれにお好きな調べを思い浮かべていただければいいのですが――ひとり静寂の中に座ったとき、心の中からそっと流れ出す調べを。

収録した詩のうち、「交響楽《シンフォニー》――『あなた』に」は、清里・キープ協会環境教育事業部主催のエコロジーキャンプ〈冬の森で詩人になる〉に参加したとき生まれたものです。ゲストの芦澤一洋先生、スタッフであるレンジャーさんたち、それから参加者の皆さん。きらめくように美しいひとときを、ほんとうにありがとうございました。あのときの冬の森の輝きは、わたしにとって何にも代えがたい宝物です。

素晴らしい影絵を作ってくださった藤城清治先生。

ブックデザインにお骨折りいただいた中島祥子さん。

今回もすっかりお世話になった編集の皆さん。

おかげさまで、わたしには身に余るほどの本になりました。一冊の本ができるまで、作者の力などほんの微々たるものだという気がしてきます。空のどこかから舞い降りてくるお話を受け取って、お伝えするだけのことですから。(それがなかなかむずかしく、「書けませんよお」と弱音を吐いたりもするのですが。)

そして最後に。実を言えばこの本はまだ完成していません。どんな本になるかは読んでくださった方ひとりひとりの心の中で決まります。作者はあとは、お祈りすることしかできません。

いい本になりますよう。

風の交響楽が、「あなた」の中で美しく鳴り響きますように。

光原百合

文●光原 百合（みつはら ゆり）
1964年 広島県尾道市生まれ。
現在，英語講師をつとめながら
詩・小説を執筆中。

影絵●藤城 清治（ふじしろ せいじ）
1924年 東京に生まれる。慶応義塾大学経済学部卒業後，『暮しの手帖』に
影絵を連載。影絵劇，人形劇の舞台公演など多方面で活躍。
1983年 影絵絵本『銀河鉄道の夜』がBIB国際絵本原画展で
金のリンゴ賞を受賞。
1989年 紫綬褒章を受章。
1992年 山梨県昇仙峡美術館に藤城清治影絵原画を常設。
1995年 勲四等旭日小綬章を受章。
著書に『藤城清治影絵画集』『イエス』『天地創造』『ヨーロッパの教会』
『金色の窓とピーター』『ロンドン橋でひろった夢』
『藤城清治影絵の世界』『アッシジの聖フランシスコ』などがある。

ブックデザイン●中島 祥子（なかじま さちこ）
1956年 東京生まれ。アートディレクター。
装幀やイラストレーションを手がけるかたわら実用書を執筆。
著書に『花贈りの本』『メール・グリーティング』など。

風の交響楽《シンフォニー》

著者／光原 百合
発行所／女子パウロ会
代表者／松岡 陽子
〒107　東京都港区赤坂 8-12-42
Tel.(03)3479-3943　Fax.(03)3479-3944
webサイト　http://www.pauline.or.jp
印刷所／精興社
初　　版 1996 年 3 月 15 日
改訂初版 2019 年 6 月 15 日

ISBN 978-4-7896-0807-7　C 0095　NDC 913　20 cm

ブックデザイン／中島祥子

to.

from.